10.1.20

Jo Pestum

Trümmerindianer

D1933583

Jo Pestum wurde 1936 in Essen geboren und wuchs im Ruhrgebiet auf. Er studierte Malerei in Düsseldorf und kam anschließend über das Illustrieren zum Schreiben. Seit 1970 arbeitet er als freiberuflicher Schriftsteller und Filmautor. Viele seiner Bücher wurden in mehrere Sprachen übersetzt und mit renommierten Preisen ausgezeichnet.

Jo Pestum

Trümmer-indianer

Ravensburger Buchverlag

Als Ravensburger Taschenbuch
Band 58244
erschienen 2006

Die Erstausgabe erschien 1990
unter dem Titel »Die Schwarzfüße«
im Thienemann Verlag
© 1990 Jo Pestum

Als Taschenbuch
erstmals erschienen 1999
im Ravensburger Buchverlag

Umschlagfoto: akg images

**Alle Rechte dieser Ausgabe
vorbehalten durch
Ravensburger Buchverlag
Otto Maier GmbH**

Printed in Germany

1 2 3 4 09 08 07 06

**ISBN-13: 978-3-473-58244-1
ISBN-10: 3-473-58244-0**

www.ravensburger.de

Vieles in dieser Geschichte, die im Sommer 1946 spielt, ist erfunden, vieles hat sich wirklich so zugetragen. Die Schwarzfüße, die schöne X-Bein-Gremme, den Zittermann, den Schieber Fettauge Marquart und den dünnen Heimkehrer Käse-Rudi: Die hat es tatsächlich gegeben, ich habe nur ihre Namen ein wenig verändert. Es kann sein, dass mancher Leserin und manchem Leser der eine oder andere Name bekannt vorkommt, weil er in einem anderen Buch oder in einem meiner Filme genannt wurde. Das liegt, wie gesagt, daran, dass es sie wirklich gegeben hat: den indianerhaften Kalla und den kühnen Hotta, die angehende Urwaldärztin Mechtild und den Köttel Schraa und all die anderen. Ich glaube, meine Geschichten sind immer eine Mischung aus Erdachtem und Erlebtem, und die Grenzen sind natürlich fließend. In der Erinnerung an die Abenteurer aus jenen wilden Tagen widme ich dieses Buch den Abenteurern von heute – in der Hoffnung, dass es sie gibt.

JO PESTUM

»Ich bin stehen geblieben,
um die Traumbilder jener Tage
vorübereilen zu lassen.«

Charles Dickens, David Copperfield

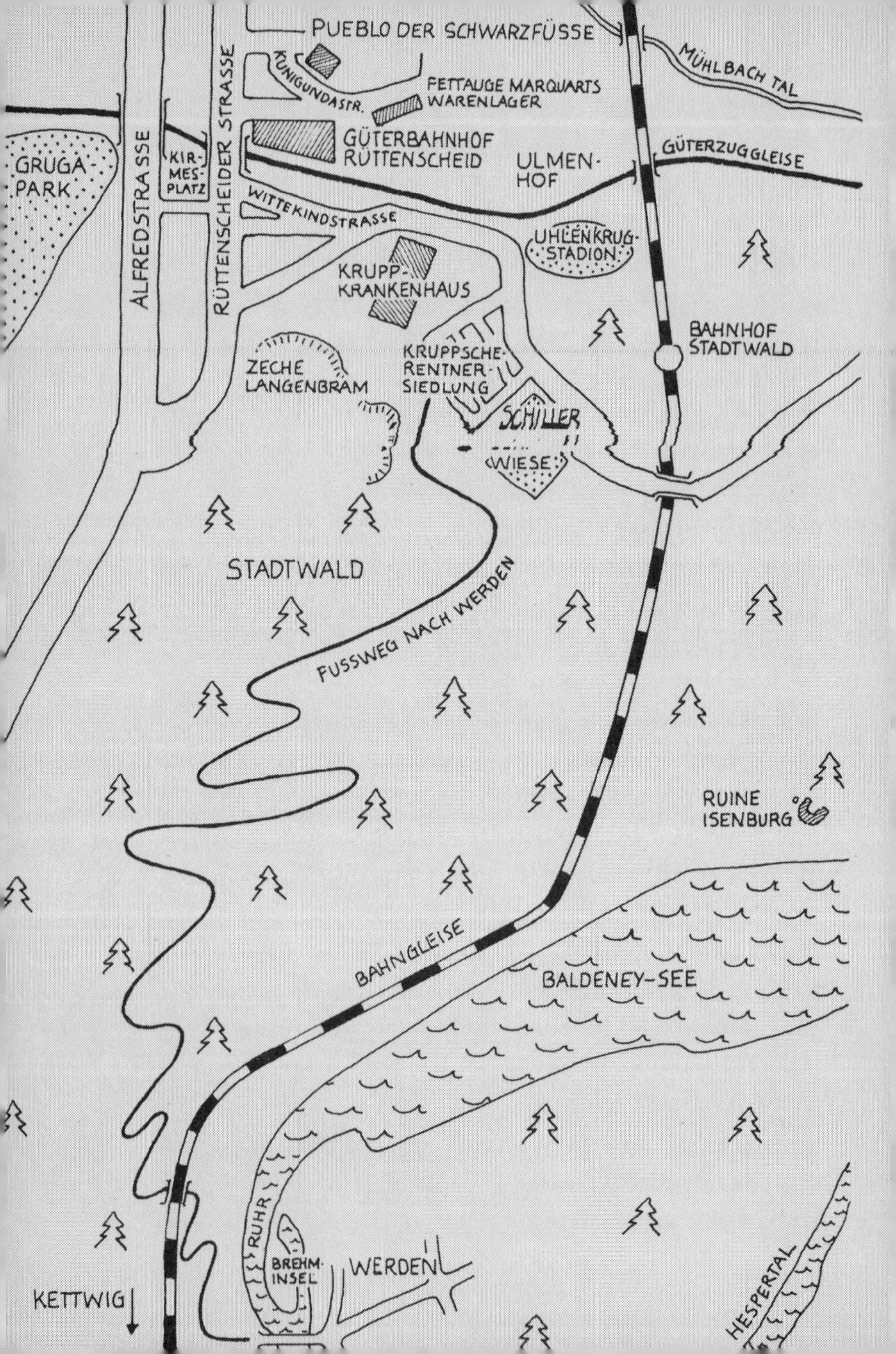
PUEBLO DER SCHWARZFÜSSE
KUNIGUNDASTR.
FETTAUGE MARQUARTS WARENLAGER
MÜHLBACH TAL
GÜTERBAHNHOF RÜTTENSCHEID
ULMENHOF
GÜTERZUGGLEISE
GRUGA PARK
ALFREDSTRASSE
KIRMESPLATZ
RÜTTENSCHEIDER STRASSE
WITTEKINDSTRASSE
UHLENKRUG STADION
KRUPP-KRANKENHAUS
BAHNHOF STADTWALD
ZECHE LANGENBRAM
KRUPPSCHE-RENTNER-SIEDLUNG
SCHILLER WIESE
STADTWALD
FUSSWEG NACH WERDEN
RUINE ISENBURG
BAHNGLEISE
BALDENEY-SEE
RUHR
BREHMINSEL
WERDEN
KETTWIG
HESPERTAL

1 Die Springer

Das schien eine andere Sonne zu sein, eine neue, eine viel heißere. Die kreiste wie irr und wuchs und leuchtete fast schwarz und jenseits aller Helligkeit von einem blassgrauen Firmament. Alles war anders in diesem Sommer. Die Menschen atmeten trotz der Hitze durch, denn der Krieg war aus. Die Stadt, ein gigantischer Trümmerberg. Aber überall regte sich nervöses Leben, hastige Leute, in Sorge, den Anfang zu verpassen. Sie wühlten wie die Mäuse und strengten sich an, die Ängste der Bombennächte und das Entsetzen der Totenbriefe von der Front aus ihren Poren zu schwitzen. Da kam ihnen die knallende Hitze gerade recht. Der Asphalt schlug Blasen, auf den Teerpappendächern brodelte es, an den Hydranten bildeten sich endlose Schlangen.

Am Südrand der Stadt, wo sich hoch über dem Ruhrtal die Wälder dehnten, begann das Niemandsland. Terra incognita. Nur kühne Abenteurer drangen ins Dickicht vor, Vogelfreie versteckten sich hier, von hier aus wucherte der Dschungel bis zum Ende der Welt. Jedenfalls träumten sie das in ihren Tagträumen. Den Förderturm der Zeche Langenbram, Fremdkörper zwischen den grünen Hügeln, dachten sie sich einfach weg, und der Zechenberg, überwuchert von Ginster, Dorngestrüpp und Krüppelbirken und von Schwefeldämpfen umwölkt, war ihnen Kilimandscharo und Fort Alamo, tibetanisches Hochland und Aztekenpyramide in einem. Sechs Jungen: Hitze auf der Haut, Hunger im Bauch, Piratenblicke in den Augen. Und ich war einer von ihnen.

Seit Stunden hockten wir reglos hinter vertrocknetem

Adlerfarn und waren fast betäubt vom Schwefelgas und von der führenden Sonnenscheibe. Die rote Asche, die wir uns zur Tarnung in die Gesichter gerieben hatten, war vom Schweiß zu klebrigem Brei geronnen und zog Mücken und grüne Fliegen an. In der verkrusteten und oxydierten Schlacke sirrten die Grillen. Pelzige Hummeln brummten wie Tiefflieger auf den Blüten der wilden Löwenmäulchen. Weit weg im Wald kreischte ein Eichelhäher.

»Die kommen nicht, die feigen Säue«, flüsterte Hotta.

Aber dann kamen sie doch.

So plötzlich waren sie da, dass wir vor Schreck schrien. Als wären sie auf einmal aus dem Gipfelgrat geschnellt, so standen sie über uns auf dem Zechenberg. Sie hatten die Sonne im Rücken und sahen aus wie dunkle Ritter von einem anderen Stern. Mindestens zu zwölft waren sie gekommen und eröffneten sofort das Feuer. Unsere Gummifletschen waren nichts gegen ihre Metallkatapulte.

Und sie trafen verdammt gut, die Banditen aus der Ulmenhofsiedlung!

»Passt auf!«, schrie Köttel Schraa. »Die schießen mit Eisenkrampen!« Er presste sich die Hand vor das Gesicht. Blut färbte seine Finger rot. Dann geriet Köttel Schraa ins Taumeln, er rollte den Berg hinunter, überschlug sich mehrmals hintereinander und hing endlich wie leblos in den Brombeerbüschen.

»Rückzug!«, brüllte Kalla. »Rückzug!«

Das hätte er sich sparen können, denn wir schlitterten und rutschten längst zum Trampelpfad hinunter, während die Geschosse der Ulmenhofbanditen uns um die Köpfe zischten. Und die Treffer fühlten sich an wie Hammerschläge. Wir rissen den benommenen Köttel Schraa hoch und zerrten ihn mit ins Unterholz hinein.

Die Hohngesänge, die sie uns nachschrien, schmerzten wie Ohrfeigen.

Mir war schwarz vor Augen, als wir das Bachufer erreichten, und die Lungen stachen. Köttel Schraa ließ sich ins Wasser fallen. Wir sahen deutlich den Blutfaden über dem veralgten Grund. Während Köttel Schraa wie eine Wasserleiche dalag, wuschen wir anderen uns den Dreck, den Schweiß und die Wuttränen aus den Gesichtern.

»Hör allmählich auf mit dem Mist!«, rief Kalla. »Da kannste nen Herzschlag von kriegen und ne Blutvergiftung, von so ner kalten Dreckbrühe.«

Köttel Schraa hob prustend den Kopf aus dem Wasser. »Meine ganze Nase ist total kaputt. Besser, dass ich einen Herzschlag krieg als meine Mutter. Die fällt tot um, wenn die mich ohne Nase sieht.«

Wir konnten jetzt deutlich sehen, dass dem Köttel Schraa der linke Nasenflügel tief eingerissen war. Die Wunde blutete nur noch schwach. Pidder riss die untere Hälfte von seinem Hemd ab, und damit umwickelten wir Köttel Schraas Kopf. Horsti behauptete, so sähen die Tuareg aus.

»Ich hab mindestens zwei Liter Blut verloren«, murmelte Köttel Schraa unter dem Kopfverband.

Kalla nickte zustimmend. Sein Vater war an der Westfront Sanitäter gewesen, darum hatte Kalla Ahnung von Verletzungen. Wo sein Vater jetzt war, wusste Kalla nicht, er wusste noch nicht einmal, ob er noch lebte.

Im Gänsemarsch liefen wir durch knietiefes Laub auf den Waldrand zu. Eigentlich wollte ich den Köttel Schraa stützen, doch der sah das als eine Beleidigung an, und darum stützte ich ihn nicht. Wir redeten auf dem Rückweg kein Wort, denn dass wir uns von den Ulmenhofbanditen so schlimm hatten überrumpeln lassen, das hatte uns die Sprache verschlagen. Zwischen den Häusern, den Hausruinen und den Schuttbergen schlug uns die Hitze mit neuer Heftigkeit entgegen. Vielleicht schwiegen wir auch deshalb. Am Ende der Brassertstraße waren vier Männer mit krebsroten Rücken dabei, das Katzenkopfpflaster zu reparieren. Sie schauten Köttel Schraa zwar kurz an, sagten aber nichts. Auch die zwei Frauen in Holzsandalen, die ein weinendes Kind mit sich zogen, hatten kaum einen Blick für unseren Verletzten. Da hatte man doch im Krieg ganz andere Sachen gesehen!

»Wir lassen die Mechtild das machen«, entschied Kalla. »Die kriegt den Köttel wieder hin. Die macht wieder nen Menschen aus dem.«

Mechtild arbeitete für uns als Krankenschwester. Das heißt: Sie übte an uns. Weil sie beschlossen hatte, sich später als Urwaldärztin am Orinoko niederzulassen, ließ sie keine Gelegenheit aus, unsere Verletzungen zu behandeln. Dem Horsti hatte sie sogar schon einmal einen Backenzahn gezogen, und als mir nach einem Wespenstich die Wade angeschwollen war, hatte sie die Operation vorgenommen. Zum Dank dafür hatte ich mich beim Zittermann für sie erkundigt, in welchem Land der Orinoko fließt. Aber im Grunde hatte Mechtild allen Anlass, uns dankbar zu sein, denn wir hatten sie gerettet, als zwei fremde Männer sie entführen wollten.

Mechtild hatte damals schon einen deutlich erkennbaren Busen.

Zum Schluss mussten wir Köttel Schraa aber doch stützen,

denn als er die Leiter zu unserem Pueblo hinaufklettern wollte, begann er zu schwanken. Wir hatten uns im ersten Stock eines halbierten Hauses in der Kunigundastraße ein Versteck eingerichtet. Das Haus war von einer Sprengbombe ziemlich genau in der Mitte durchschlagen worden, abrasiert die eine Hälfte, fast völlig erhalten die andere, halbe Zimmer vom Erdgeschoss bis zur dritten Etage. Da konnte man von außen an den dunklen Mustern auf der Tapete erkennen, wo die Schränke gestanden und wo Bilder, Spiegel und Kreuze an den Wänden gehangen hatten. Im zweiten Stock waren Klosett und Spülkasten ganz geblieben, im dritten stand sogar noch eine Wanne im halben Zimmer. Die wollten wir uns natürlich noch holen, wir wussten nur noch nicht, wie, denn das Treppenhaus gab es ja nicht mehr.

In der ersten Etage hatten wir aus Ziegelsteinen eine kopfhohe Mauer wie eine Außenwand aufgeschichtet, damit wir ungestört sitzen konnten in unserem Pueblo, vor allem aber, damit niemand von unten unsere Beutestücke erspähen konnte, die wir hier versteckten, bis wir sie beim Schwarzhändler gegen Essbares eintauschten. Die Leiter zu unserer Behausung war in der düsteren Kellerhöhlung versteckt, und wenn wir zum Pueblo hochstiegen, zogen wir sie nach.

Hotta band dem Köttel Schraa einen Strick um die Brust und zog ihn die Leiter hoch, Kalla und ich halfen von unten nach. Köttel Schraa musste sich dann erst einmal flach hinlegen und ruhig durchatmen. Der Riss im Nasenflügel hatte wieder zu bluten begonnen.

Pidder und Horsti gingen los, um Mechtild zu suchen. Köttel Schraa langte in die Blechdose, in der wir die aufgesammelten Zigarettenkippen verwahrten, doch nach zwei Zügen wurde ihm schlecht. Da rauchte Kalla die Kippe zu Ende. Durch die Lücken in unserer Ziegelsteinwand schauten wir den Steineklopferinnen zu, die sich in den Trümmern des Nachbarhauses auf einen Eisenträger gesetzt hatten und an irgendetwas herumkauten.

»Mann, die haben tatsächlich was zu essen!«, stöhnte Hotta. »Sollen wir sie überfallen?«

»Blödmann!« Kalla hustete den letzten Rauch aus, zerdrückte die Glut mit einem Stein und bröselte den Tabakrest in die Dose.

Hotta schaute noch immer gierig zu den Esserinnen hinunter. »Was für 'n Kohldampf ich hab! Ich könnte glatt Leichen fressen.«

Ich sagte: »Guck doch nicht hin, du Arsch!«

Es dauerte noch eine Ewigkeit, bis endlich der Erkennungspfiff ertönte. Wir ließen die Leiter hinunter. Unten stritten sie sich. Mechtild wollte nicht als Erste auf die Leiter.

»Damit ihr mir unter den Rock linsen könnt, was? Ihr habt sie wohl nicht alle! Wenn ihr Unkeuschheit treiben wollt, dann sucht euch eine andere aus.« Mechtild war zu der Zeit heftig in den Kaplan von Sankt Liidgerus verliebt und besuchte jeden Morgen die Frühmesse in der Notkirche. Darum achtete sie sehr auf die Gebote, besonders auf das sechste.

Also kletterten erst Horsti und Pidder nach oben. Mechtild folgte mit der Verbandstasche. Sie hatte sich auch die Rotkreuzarmbinde angelegt und trug ein weißes Tuch wie eine Schürze. Das Häubchen war verrutscht, und so hing das orangerote Haar wie ein Vorhang vor ihrem Gesicht. Die Sommersprossen wirkten weiß auf ihren verschwitzten Backen.

»Der Verwundete soll sich entspannen«, sagte Mechtild.

Köttel Schraa legte sich wieder auf den Rücken, schloss die Augen und atmete wie ein Schlafender. Die Krankenschwester zog Mullbinden und Verbandswatte aus der Tasche, öffnete allerlei Fläschchen und machte sich mit einer rostigen Pinzette an Köttel Schraas Nase. Die Wunde müsse zuerst einmal desinfiziert werden, meinte sie. Dann desinfizierte sie den gesamten Köttel Schraa mit einer rosafarbenen Flüssigkeit. Es stank so sehr nach Krankenhaus, dass wir alle fast ohnmächtig wurden. Plötzlich stieß Mechtild einen spitzen Schrei aus und knallte dem Patienten eine Ohrfeige. »Olles Ferkel! Noch einmal, und ich lasse dich verbluten, dass das mal klar ist!«

»Ist doch aus Versehen passiert«, murmelte der beinahe narkotisierte Köttel Schraa und grinste albern. Offensichtlich gefiel ihm das, was Mechtild mit ihm anstellte, und er hatte ihr auch ganz bestimmt nicht aus Versehen an die Brust gefasst.

»Mensch, Mechtild, stell dich doch nicht so an!«, sagte Kalla.

Mechtild gab keine Antwort. Sie arbeitete jetzt konzentriert an Köttel Schraas Nase und rieb und tupfte und klebte, und allmählich wurde Köttel Schraa einem Nashorn immer ähnlicher. Die Steineklopferinnen hieben wieder rhythmisch die Mörtelreste von den Ziegelsteinen und von irgendwoher wehte der beißende Geruch von verbranntem Gummi herüber und mischte sich mit dem Krankenhausgestank. Überall in den Trümmerfeldern blühten Weidenröschen und Gelber Heinrich. Die Nachmittagshitze hing wie ein feuchtes Tuch über der kaputten Stadt. Wenn ich schluckte, kratzte es in meinem Hals.

»Wird da eine Narbe bleiben?«, fragte Köttel Schraa.

Mechtild nickte. »Und wie!«

»So richtig für immer?« Köttel Schraa hatte auf einmal glänzende Augen. Er befingerte den Nasenverband und stöhnte wohlig. »Wenn du mal bloß Recht hast!«

»Du wirst für dein ganzes Leben entstellt sein.« Mechtild sagte das mit einer Stimme, die keinen Widerspruch duldete. Sie war nun ganz und gar Urwaldärztin, hatte ihre Diagnose gestellt, ihre Therapie angewandt und verkündete völlig schonungslos die Folgeschäden. Dann drückte sie das Häubchen in die Stirn und verpackte Instrumente und Verbandszeug.

Köttel Schraa jauchzte vor Glück. Für das ganze Leben entstellt! Mit solch einer Narbe schlug er Hotta um Längen. Bis jetzt war der der Narbenkönig gewesen. Hotta mit der blinden Stelle im Haar, wo ihn ein Granatsplitter gestreift hatte. Da war ein gefühlloser Wulst, glibbrig, glasig, auf dem keine Haare mehr wuchsen. Aber ein entstelltes Gesicht zählte mehr als so eine Macke hinter dem Ohr.

»Was ist? Krieg ich nichts zu trinken?«, fragte Mechtild. Sie war es gewöhnt, dass wir ihr nach den Operationen ein Getränk reichten oder ein Stück Maisbrot anboten.

»Lakritzwasser«, sagte Pidder. »Was anderes ist nicht da.« Er zog die Flasche aus der Mauerfuge und bröckelte ein paar Stückchen von der Lakritzstange hinein. Dann schüttelte er, bis sich das Wasser gelblich verfärbte, und hielt Mechtild die Flasche hin.

Mechtild nahm nur einen einzigen Schluck und spuckte dann. »Das ist ja pisswarm! Wer soll denn so was trinken?«

»Wir«, entgegnete Pidder ungerührt, schlürfte gierig und gab die Flasche weiter an Horsti.

»Häj!«, protestierte Köttel Schraa. »Zuerst sind die Verwundeten an der Reihe! Her mit der Pulle!«

Aber Mechtild entschied, dass der Patient vorerst weder feste noch flüssige Nahrung zu sich nehmen dürfe, und so tranken wir das Lakritzwasser aus. Es war wirklich pisswarm und schmeckte abscheulich, doch wir hatten ja nichts anderes.

Hotta war der Dünnste und Knochigste von uns und hatte immer den schlimmsten Hunger. »Wird höchste Zeit, dass wir endlich mal wieder was zu mampfen auftreiben. Unsere Mutter kocht bloß noch Brennnesselgemüse mit Steckrüben drin, und als Fett nimmt sie so ne Art Wagenschmiere. Ich krieg immer die Scheißerei davon und werd sowieso nicht satt.«

»Hör schon auf!«, maulte Horsti. »Ist es bei uns vielleicht anders?«

Ich hatte die ganze Nacht abwechselnd mit meiner Schwester vor der Bäckerei Rehbein in der Schlange gestanden, weil jemand das Gerücht verbreitet hatte, am Morgen gebe es da auf Lebensmittelkarten eine Brotzuteilung, aber wir standen uns mit dreihundert anderen Leuten vergeblich die Beine in den Bauch, denn es war tatsächlich nur ein Gerücht gewesen. Um acht Uhr trieben die Polizisten die Wartenden auseinander, und da heulten nicht nur die Kinder vor Wut und Hunger und Enttäuschung. Wir schrien im Chor: »Schieber! Schieber! Schieber!« Davon ging der Hunger aber auch nicht weg. Was nützten uns die schönen Lebensmittelkarten mit all den vielen Abschnitten für Fleisch und Fett und Nährmittel und Brot, wenn in sämtlichen Läden die Regale leer waren! Aber trotzdem stellten wir uns immer wieder an, wenn sich irgendwo eine Schlange bildete. Nur selten hatten wir Glück.

Ein ofenwarmes Brot war der Himmel auf Erden. Onkel Georg gab für ein halbes Pfund Butter sein Fahrrad her, das er eigentlich mir versprochen hatte, denn ich war sein Patenkind.

»Ich weiß was«, sagte Mechtild plötzlich, »aber nagelt mich nicht drauf fest. Bei Fallböhmer in der Werkstatt hat einer behauptet, heut Abend würde ein Brotauto die Gerswidastraße runter in Richtung Uhlenkrug fahren. Angeblich haben welche vor, eine Straßensperre zu bauen.«

»Jetzt leck mich doch einer!« Kalla riss den Mund auf, als wollte er die Zähne in einen Brotlaib schlagen. »Wenn das wahr wär!« Er hüpfte aus dem Schneidersitz auf die Füße. »Wir springen! Wer ist dran?«

»Wir ziehen Pinnchen«, sagte Pidder.

Keine Frage, wir mussten vor denen, die die Straßensperre bauen wollten, an das Brot rankommen. Springen, das war's. Wir sechs waren die Meisterspringer. Wir ließen uns aus den Bäumen fallen, wenn ein Laster, Holzvergaser meistens und so schnell es ging bei solchen Straßen, den Stadtteil zu queren versuchte. Wir knallten auf die Plane, hüpften wie auf einem Trampolin und versuchten irgendwas zu greifen, um nicht auf die Straße zu stürzen. Einmal hatte sich Auschrat von der Wittekindstraße Elle und Speiche gebrochen. Mit Messern schlitzten wir den harten Stoff auf und rutschten durch den Schlitz im Segeltuch auf die Ladefläche, wo wir manchmal Kisten mit Tomaten, Steckrüben, Kartoffeln fanden oder Maismehlsäcke oder Baumaterial oder gar nichts. Wir lösten hastig die Laschen und warfen nach draußen, was wir greifen konnten, solange der Fahrer noch nichts gemerkt hatte. Erst wenn die Bremsen quietschten, sprangen wir ab und rannten in die Trümmerberge hinein. Es kam vor, dass andere schon alles gerafft hatten und mit der Beute verschwunden waren, wenn wir Springer beim Treffpunkt erst später ankamen, weil wir Haken schlagen mussten, um die Verfolger abzuschütteln. Dann warfen wir uns stumm vor Atemlosigkeit und ohnmächtiger Wut auf die Erde, kratzten, bohrten, fetzten mit den Fingernägeln im Dreck herum und heulten wie Wölfe. Manchmal hatte ich gehofft, dass mein hämmerndes Herz zerspringe. Einmal hätte ich beinahe die X-Bein-Gremme mit einem Ziegelstein erschlagen, weil sie mir die letzten zerplatzten Birnen weggeschnappt hatte.

Köttel Schraa mit der Nase kam an diesem Tag als Springer nicht in Frage, darum brach er von der Efeuranke kleine Zweige ab und ließ uns die Pinnchen ziehen. Horsti und ich zogen die kürzesten.

»Alles klar«, sagte Kalla. »Schorsch und Horsti springen, und wir andern übernehmen die Verfolgung. Treffpunkt wie immer. Wenn's was wird, kriegt Mechtild ihren Anteil von der Beute. Noch Fragen?«

Es gab keine Fragen, denn wir waren eine eingespielte Mannschaft.

Mechtild zog ab mit ihrem Verbandskasten. Wir versteckten die Leiter und machten uns auf den Weg, um an der Gerswidastraße unsere Springerfalle vorzubereiten. Und dann hieß es warten.

Doch an diesem Tag gingen wir in die Falle.

Weil die Sonne schon tief stand, sahen wir den Lieferwagen erst im letzten Augenblick, als er bei der Druckerei Girardet in die Gerswidastraße bog. Vielleicht hatten uns auch die Detonationen von fernen Sprengungen irritiert. Das Auto hatte

Vollgummireifen und rumpelte im Schritttempo über das aufgerissene Pflaster.

Wir sprangen vom Kastanienast, der über eine Mauerkrone ragte, und die Plane gab unter unserem Aufprall nach. Benommen kullerten wir über die Ladefläche. Und die war leer! Kein Brot. Nur ein paar Taue.

Der Fahrer und der Beifahrer sahen uns durch das Oval des Rückfensters. Ihre Gesichter: Fressen, feixende Fressen. Plötzlich trödelte der Lieferwagen nicht mehr, plötzlich tanzten die harten Reifen, die Karosserie jaulte und schepperte, und Horsti und ich rollten haltlos und schrien wie am Spieß, weil die Männer so dröhnend lachten.

Als das Auto am Ende der zerstörten Straße zwischen den leeren, ausgebrannten Hallen der Spedition Jonen Wwe. zum Stehen kam, bluteten wir aus Mund und Nase. Die Männer rissen uns von der Ladefläche und droschen mit den Tauen auf uns ein, bis wir aufhörten zu wimmern. Dann zogen sie uns die Hosen, die Hemden und die löchrigen Strümpfe vom Körper und grapschten nach unseren Pimmeln. Der mit der Augenklappe wollte uns sogar die Schuhe wegnehmen, die ohnehin keine Sohlen mehr hatten und die von Kordeln zusammengehalten wurden.

»Nicht die ollen Treter!« Der Glatzkopf winkte ab. »Für die gibt's nix, nicht mal 'n Happen Kautabak. Tritt den Pimpfen mal ordentlich in die Nüsse und lass sie laufen!«

Jetzt! Jetzt mussten wir fliehen.

»Schorsch!«, schrie Horsti. »Die machen uns alle!«

Irgendwie kamen wir davon. Vielleicht nur, weil die Männer den Spaß an ihrem brutalen Spiel verloren hatten. Unsere Sachen waren zum Teufel, und wir rannten nackt und zerschlagen und stumm vor Empörung und Hilflosigkeit auf die Straße hinaus, wo ein paar Gaffer mit den Fingern auf uns zeigten und ihren Kindern die Augen zuhielten.

Kalla, Pidder und Hotta kamen uns keuchend entgegen. Wir brauchten ihnen nichts zu erklären. Sie zogen ihre Hemden aus, und die wickelten wir uns um die Hüften. Geschlagen trotteten wir heimwärts, erschöpft und ausgelaugt, hungrig und beleidigt.

Meine Mutter nahm mich bei den Ohren und schleifte mich zum Spülbecken. »Was man sich mit dir schämen muss!« Sie ahnte, was geschehen war. »Das siebte Gebot! Unrecht Gut gedeiht nicht!« Doch das meinte sie nicht so, denn sie sagte es ja auch, wenn ich Beute nach Hause brachte und so vielleicht die Familie vor dem Verhungern bewahrte.

Die Oma, die keine richtige Oma war, sondern nur eine entfernte Verwandte, die bei uns untergekrochen war, kauerte wie eine Mumie neben dem Ofen und murmelte: »Was sind das nur für Zeiten! Herr, erbarme dich unser!« Und dann krähte sie mit ihrer Altfrauenstimme: »Kyrie eleison!«

»Mal gut, dass Ulla das nicht ansehen muss«, sagte meine Mutter.

Meine Schwester, knapp zwei Jahre älter als ich, bekam Nachhilfeunterricht bei einer pensionierten Lehrerin, weil meine Eltern sich in den Kopf gesetzt hatten, das begabte Mädchen ein paar Klassen überspringen zu lassen, um so die Zeit, die durch den Krieg verloren gegangen war, aufzuholen, damit sie endlich ins begehrte Lyzeum der Nonnen vom Heiligen Augustinus überwechseln konnte. Außerdem wurde Ulla als Vorbild für mich gebraucht. Und so fand meine Mutter es also gut, dass das begabte Mädchen den nackten Bruder nicht zu sehen brauchte. Mir war das egal. An diesem Abend war mir alles egal.

Ich lag schlaflos im Bett und dachte über die Niederlagen nach. An manchen Tagen schlägt das Leben heftige Kerben. Dass die Ulmenhofbanditen uns überrumpelt hatten! Dass wir kühnen Springer in die Falle gegangen waren! Ich bin dann wohl doch eingeschlafen, denn ich hörte es nicht, dass meine Eltern und Ulla in der Nacht abwechselnd in der Wohnung ein- und ausgingen, weil es am Morgen angeblich irgendwo irgendetwas Essbares zu kaufen geben würde. Sie hatten Mitleid mit mir, sie ließen mich schlafen.

Im Morgengrauen hatte ich den Wachtraum von den Indianern.

2 Der Schwur

Der Tag begann stark. Ulla hatte Brot aufgetrieben. Maisbrot zwar nur und klätschig wie üblich, und bitter schmeckte es außerdem, aber wer fragte schon danach! Wir strichen eine braune Schmiere auf die Scheiben, die Brotaufstrichsirup hieß und wie Schuhwichse roch. Mein Vater behauptete, das Zeug werde aus Rattenschwänzen hergestellt, aber natürlich ließ er sich ein Butterbrot einpacken, als er zur Arbeit ging. Er gehörte zu einer Kolonne, die den Schutt von den Hauptstraßen räumte, doch er wartete darauf, dass er wieder bei Krupp als Schlosser anfangen könnte.

Hotta pfiff. Ich griff mir die vergammelte Mappe, die ich Schultasche nannte, und den Quäker-Topf und zog los. Unten ließ ich Hotta dreimal von meinem Brot abbeißen. Man hatte uns erklärt, die Schulspeisung sei eine Spende einer religiösen amerikanischen Sekte, die sich Quäker nenne, aber mehr wussten wir darüber nicht. In tarnfarbenen Kübeln wurde die Suppe in die Schulen transportiert und dort in eigens installierten Öfen aufgewärmt. Weil der Ofen unserer Schule meist nicht funktionierte, bekamen wir häufig kaltes Essen. Erbsbrei mit Knubbeln, Magermilchsuppe, die schon einen Stich hatte. Am beliebtesten war Biskuitbrei, den leckten wir mit den Fingern aus unseren Näpfen.

An diesem starken Tag gab es überhaupt keine Suppe, sondern eine Sonderzuteilung, die der Hausmeister geradezu mit Weihnachtsmanngesicht in die Klasse schleppte: Hartkekse in Silberfolien, kleine schwarze Schokoladenriegel und drei Zitronenbonbons für jeden. Wir johlten vor Freude. Der Hausmeister klopfte auf sein Holzbein und forderte Ruhe, weil er noch eine Überraschung hatte und dazu eine Gebrauchsanweisung verkünden musste.

»Dies nennt man Kaugummi!« Er wickelte einen rosaroten flachen Streifen aus einem bunten Papierchen. »Es hat Pfefferminzgeschmack. Man darf es aber nicht essen, weil man sonst Darmverstopfung kriegt. Kann sogar tödlich sein! Nur kauen, bis es keinen Geschmack mehr hat. Dann ganz schnell ausspucken. Haben das alle kapiert?«

Nein, das kapierte keiner. Erneutes Freudengeheul setzte ein.

»Es ist eine amerikanische Spezialität!«, brüllte Lehrer Sobletzky.

Die X-Bein-Gremme durfte ihm helfen, die Sonderzuteilungen zu den Bänken zu tragen, und sie tat das sehr feierlich.

Sie hatte Mandelaugen und einen kastanienbraunen Pagenschnitt, und als sie mir die Süßigkeiten reichte, berührte ich ihre Hand. Hotta sah das und grinste abscheulich.

Wir waren die Mischklasse. Überhänge nannte das der Rektor. In unsere Klasse gingen die Schülerinnen und Schüler, die in die reine Jungenklasse und in die reine Mädchenklasse nicht mehr hineinpassten. Die reinen Klassen: Der Rektor nannte das nicht nur so, er meinte es auch. Unsere Mischklasse konnte er nicht leiden. Darum hatten wir auch den schlechtesten Lehrer, der regelmäßig Tobsuchtsanfälle bekam, weil ihn die Silberplatte quälte, die man ihm in einem Feldlazarett in den Schädel eingesetzt hatte. Hotta ging jede Wette ein, dass die Kugel immer noch steckte. Ein paar von uns, zu denen leider auch ich gehörte, mussten nach Schulschluss zu einem Extra-Unterricht in die reinen Klassen gehen, weil wir gefördert werden sollten, um die Aufnahmeprüfungen bei den höheren Schulen oder den Mittelschulen zu bestehen. Fast alle von uns waren für die vierte Klasse viel zu alt, aber wir hatten ja in den letzten Kriegsjahren kaum noch richtigen Schulunterricht gehabt.

Übrigens spuckte niemand den ausgelutschten Kaugummi aus. Jeder schluckte ihn runter, doch von Darmverstopfungen wurde nichts bekannt, Todesfälle gab es auch nicht.

Lehrer Sobletzky, der Nikotinsüchtige, schickte mich wie üblich zum Schwarzhändler. Wer »Aktive«, also richtige Ami-Zigaretten, kaufen wollte, musste auf dem schwarzen Markt acht bis zehn Mark für ein Stäbchen hinblättern. Lehrer Sobletzky steckte mir ein Bündel Scheine in die Hosentasche. Auf dem Gang zählte ich das Geld. Es waren zwanzig Scheine zu je einer Reichsmark und zwanzig Scheine zu je einer halben Reichsmark. Sein Tagesquantum, drei Zigaretten. Mehr Geld hatte er nicht.

Ich musste hüpfen, als ich die Hedwigstraße überquerte, weil der Straßenbelag glühend heiß war. Meine Schuhe bestanden ja nur noch aus dem Oberleder. Unter der Zunge zerschmolz der Rest meines letzten Zitronenbonbons. Ich wünschte mir, dass dieser Geschmack im Mund ewig bliebe. Männer in blauen Kitteln klebten Anti-Kohlenklau-Plakate an die Hauswände. Die Silhouette eines Mannes mit einem Sack auf dem Rücken. Schon die Schlägermütze wies den Mann als Dieb aus. »Achtung! Der Kohlenklau geht um! Warnung an alle!« Dass auf Kohlendiebe scharf geschossen werde, stand da zu lesen. Doch das nahm niemand ernst. Wir alle klauten Kohlen von den Zechenhalden oder von den Güterzügen, denn nur auf Kohleöfen konnte gekocht werden. Die Gasleitungen waren zerstört. Wer Bergmann war und Deputatkohle bekam, der hatte es gut. Allerdings war manchem Kumpel nachts schon der Keller ausgeräumt worden. Opa Hüpps hatte einen Kohlendieb erwischt und mit einer Eisenstange niedergestreckt, und dadurch hätte er seine Tochter fast zur Witwe gemacht, denn der Dieb war Schwiegersohn Wilfi.

»Na, Rotzigen, hasse keine Schule?«, rief mir einer der Klebemänner zu.

»Ich brauch nicht in die Schule!«, rief ich zurück. »Ich bin zu doof!«

Da spritzte der Mann mit seinem Quast zu mir rüber, doch der Kleister traf nicht mich, sondern den Kollegen, und der trat sofort mit seinen Arbeitsschuhen zu. Dann flogen die Fäuste. Es war ein spannender Kampf.

Im Treppenhaus des Schwarzhändlerverstecks war es wunderbar kühl. Ich zog mein Hemd aus und presste die Brust gegen die Wandkacheln. Vom Keller her zog ein säuerlicher Uringeruch durchs Haus. Die Türen vom Parterre und von der ersten Etage waren geschlossen wie sonst auch, die Klinken fehlten. Außer dem Knirschen der Holzstufen hörte ich kein Geräusch, als ich zur zweiten Etage hinaufstieg. Alles war wie immer. Ich kannte mich aus.

Nur die Frau erkannte ich zuerst nicht wieder!

Ich klopfte, wie es ausgemacht war: Eins-zwei-drei-vier. Pause. Eins-zwei-drei-vier. Dann trat ich zwei Schritte zurück, damit man mich von innen durch das Schlüsselloch erkennen konnte. Ein Schloss schnappte zurück, die Tür öffnete sich – und dann wäre ich vor Schreck beinahe die Treppe hinuntergefallen. Die Frau hatte hellgrünes Haar!

»Du bist es schon wieder«, sagte sie. Und dann weinerlich: »Es hat mit dem Färben nicht richtig geklappt.«

Weil ich die fette Frau mochte, die unter dem Kleid irgendetwas trug, was sie von oberhalb des Busens bis über den Hintern fürchterlich einschnürte und das immer zu platzen drohte, machte ich ein freundliches Gesicht und antwortete: »Es sieht aber gar nicht mal so schlecht aus.«

Sie winkte ab. »Lass man, Jüngsken, versaut ist versaut.«

Ich folgte ihr durch den Korridor und durch die Wohnküche. Die rissige Tapete war mit gedruckten Fotos von Filmschauspielern bepinnt. Ich kannte nur Hans Albers und Willy Birgel. Das Bild von Hans Albers war ohne Schrift. Bei Willy Birgel stand in schmissigen Buchstaben »Reitet für Deutschland« unter dem Foto. Die Frau hustete dreimal, da öffnete sich die Tür neben dem Besenschrank.

»Komm rein!«, flüsterte Mattes. Er sah immer verschwitzt aus, ob es heiß war oder kalt. Wahrscheinlich lag das daran, dass er dauernd Angst hatte vor einer Razzia. Die Frau, die sonst graues Haar hatte, war einmal so unvorsichtig gewesen, seinen Namen zu nennen, und daher kannte ich den.

Mattes – Poposcheitel, randlose Brille und Spitzbart – war diesmal nicht allein. Der andere Mann hätte glatt sein dünnerer Bruder sein können. Beide Männer waren im Unterhemd und hatten anscheinend Schach gespielt.

»Wieder drei?«, fragte Mattes, nahm die Zierdecke von der Bauerntruhe und klappte den Deckel handbreit hoch, doch die Stangen Lucky Strike und Camel und die Flaschen mit Sherry und Gin waren trotzdem zu sehen.

»Ja, drei«, sagte ich und war hingerissen von dem Aschenbecher, der auf dem Schachtisch stand, denn der quoll fast über von Zigarettenkippen. »Kann ich die haben?«

»Die Kippen? Aber bloß nicht verraten, dass du sie von mir hast!« Mattes leerte den Aschenbecher über einem Stück Packpapier aus und machte ein Paket daraus. »Gib mir den Zaster!«

Ich legte die Geldscheine auf den Schachtisch. Der andere Mann zählte sie schweigend und nickte Mattes zu. Und mit den drei Zigaretten und dem Kippenpaket verschwand ich wie der Blitz.

»Sag deinem Lehrer, nächste Woche gäb's Ägyptische zum Sonderpreis von fünf Mark!«, rief Mattes mir nach.

Wir bekamen Hitzefrei, Lehrer Sobletzky schenkte mir ein halbes Schokoladenstück, die X-Bein-Gremme lächelte mich ein bisschen an, meine Mutter erwartete mich mit zwei Kartoffeln und einer gedünsteten Möhre, Ulla hatte aus der

Schule ein Buch mit Rittersagen mitgebracht, das ich zuerst lesen durfte. Ja, der Tag war noch immer stark!

Ich war als Erster im Pueblo. Als Kalla und Pidder kamen, hatte ich schon die Papierchen von den Kippen gepult und den Tabak schön flockig aufgemischt. Pidder schätzte die Menge auf mindestens hundert Gramm.

»Damit können wir garantiert drei Pfund Brot, ein halbes Pfund Fett und zwei, drei Eier schachern«, meinte Kalla. »Hast du toffte gemacht, Schorsch!«

»Den andern fallen die Augen raus«, sagte Pidder. »Wo die bloß bleiben!«

Horsti und Köttel Schraa erschienen genau in diesem Augenblick. Als Köttel Schraa von der Leiter stieg, hielt er sein Gesicht schön schräg, damit wir die geschwollene und grün und braun verfärbte Backe bewundern konnten. Der Nasenflügel war im Krupp-Krankenhaus geklammert worden, doch die Mechtild durfte nie erfahren, dass ein Arzt etwas an ihrer Behandlung nachgebessert hatte.

Hotta ließ noch eine halbe Stunde auf sich warten, dafür brachte er aber eine irre Überraschung mit. Sein Bruder Rudolf, der als vermisst galt, war aus russischer Gefangenschaft entlassen worden.

»Englische Militärpolizisten haben ihn heut Morgen mit nem Jeep gebracht!«, schrie Hotta. »Und vom Roten Kreuz war ne Schwester dabei. Meine Mutter hat gesagt, sie hätt den Rudi zuerst gar nicht erkannt. Allein laufen kann er auch nicht, und reden tut er kein Wort.«

Klar, dass wir Hottas Bruder sehen wollten!

Frau Winn ließ uns alle in die Wohnung hinein, damit wir dem Rudi Guten Tag sagen konnten. Sie hatte verheulte Augen. »Dass man als Mutter sein eigen Fleisch und Blut kaum wieder erkennt! Eine Schande ist das. Und guckt euch das gut an, was der verfluchte Krieg aus unserm Jung gemacht hat! Guckt euch das gut an!« Sie wischte die Tränen mit dem Ärmel ihrer Kittelschürze weg. »Der Hitler soll bis in alle Ewigkeit in der Hölle schmoren!« Frau Winn strich dem Rudolf mit einer unendlich zärtlichen Geste durch das Totenkopfgesicht und lächelte kaum merklich. »Jetzt ist er ja wieder zu Hause, unser Rudi. Wird ja alles wieder gut, mein Jung!«

Wir waren so erschreckt, dass wir kein Wort rausbrachten. Rudolfs Knochen schienen sich durch die dünne Haut zu bohren. Sein Kopf war kahl geschoren, und die großen Augen, die tief in den Höhlen lagen, schauten ins Leere. Der Rudi nahm uns gar nicht wahr. Er saß auf einem Stuhl und hielt sich am Tisch fest, doch es war kaum Kraft in seinen Händen. Wir wussten, dass Rudi erst knapp über zwanzig sein konnte, wie er aber so dasaß, wirkte er wie ein Greis. Stalingrad: Mit dieser grauenhaften Schlacht am Ende des Krieges musste das alles zu tun haben.

Hotta brach das Schweigen. »Der Rudi stinkt.«

»Nach Käse«, flüsterte Kalla.

Genau! Alter Käse, der weich geworden war und schimmlig und ranzig, der verströmte solch einen Geruch. Ob der aus Rudis Mund oder Nase oder Ohren kam, ob die Poren ihn ausdünsteten oder ob das faulige Fürze waren, das ließ sich nicht feststellen. Wahrscheinlich stank der ganze Körper so, einschließlich der Gedärme. Ich dachte: So riecht der Krieg. Und dass der Rudi keine Zähne mehr hatte, sah man auch.

Frau Winn kicherte plötzlich los. »Die Schwester vom Roten Kreuz hat gesagt, wir sollten ihn nur ganz allmählich an normale Nahrung gewöhnen, weil sein Magen es sonst nicht verkraftet. Das hat die gesagt. Ganz allmählich an normale Nahrung!« Das war jetzt kein Kichern mehr, das war heftiges Weinen. »Wir haben aber keine normale Nahrung für unsern kranken Jungen. Nix haben wir, nix, nix, nix! Er wird uns vor die Hunde gehn, der Rudi!«

»Aber wir haben doch Tabak!«, schrie ich gegen das Weinen an.

Hottas Mutter verstand das nicht.

»Wir gehen kompensieren«, erklärte Pidder. »Für hundert Gramm Tabak treiben wir schon so 'n paar Fressalien auf, mal bloß keinen Schiss haben. Irgendwie kriegen wir den Rudi schon wieder in die Senkrechte.«

Kompensieren – das Zauberwort. Wer etwas Wertvolles besaß, konnte überleben. Tabak war etwas Wertvolles. Natürlich gaben sich nicht die großen Schieber wie Fettauge Marquart mit solchen Kleinigkeiten ab, zu Fettauge gingen wir, wenn wir Schmuck oder Tafelsilber aus den Trümmerhaufen gebuddelt hatten. Für so eine Hand voll Tabak war Hennes Austenkämper genau der richtige Kunde, der hatte nämlich Verwandtschaft im münsterländischen Billerbeck, und dort schlachtete man schwarz und hatte auch so genug zum Leben in den Bauernschaften. Hennes war Straßenbahnfahrer in Wartestellung, der selber in der Rotte Hand anlegte, um die Schienenstränge wieder funktionsfähig zu machen. Er hauste in Onkelehe mit der Wäscherin Lotte und ihren drei Kindern im halbwegs erhaltenen Untergeschoss eines ausgebrannten Mietshauses auf der Rüttenscheider Straße. Wir schickten Kalla und Köttel Schraa mit dem Tabak zu ihm, und nach langem Schachern und Feilschen schafften sie es, dem Hennes zwei Pfund Weißbrot, zehn Schnitten Pumpernickel, ein Ei und ein Achtel von einem Pfund Butter abzuhandeln, obwohl die Lotte Zeter und Mordio schrie. Sie hatten dem Hennes erzählt, der Tabak stamme direkt von den Besatzern und stelle eine Spezialmischung aus Virginiablend und Türkenfeinschnitt dar. Hennes glaubte ihnen die Geschichte.

»Weil er sie glauben wollte«, sagte Kalla.

Wir beschlossen, dass jeder von uns eine Scheibe Pumpernickel mit einem Fitzelchen Butter dazu essen dürfe, dass alles andere aber für den Heimkehrer Rudolf reserviert sei. Und so kriegten wir ihn auch wieder in die Senkrechte, und er überlebte auch und fing irgendwann auch wieder an zu sprechen, doch richtig gesund wurde er niemals mehr. Der Gestank nahm mit der Zeit ab, der Name Käse-Rudi blieb.

Wir hatten gelernt, ganz langsam zu essen, weil man dann mehr davon hat, und darum mümmelten wir mindestens eine Viertelstunde an den Pumpernickelschnitten herum und ließen die Butter auf der Zungenspitze zerfließen, saugten den Duft des sonnenwarmen Fettes durch die Nase ein und träumten dabei Schlaraffenlandträume.

Horsti schlug ein Fußballspiel vor.

»Bei der Hitze?« Kalla tippte sich an die Stirn. »Platzt dir doch die Rübe oder so. Haste schon mal was von Kollaps gehört? Einem von den Schuttschippern in der Mohrenstraße ist ne Ader im Kopf geplatzt, der hält sich jetzt für Jesus. Weiß ich aus sicherer Quelle.«

Pidder sagte: »Wir können ja bei Göhr in der Toreinfahrt spielen. Da ist es prima kühl. Wer holt den Klüngel?«

»Schorsch ist dran!« Köttel Schraa verzog sein vermatschtes Gesicht zu einer Art Grinsen, weil er nämlich eigentlich an der Reihe war. Doch da er an der gelungenen Tauschaktion bei Hennes Austenkämper teilgenommen hatte, beanspruchte er anscheinend eine Schonzeit für Helden.

Ich trabte zum Pueblo und holte den Ball. Das Wort Klüngel passte allerdings viel besser auf dieses Stoffei, das unsere Mütter reihum mit immer neuen Flicken und Fetzen zusammennähten. Wir sehnten uns nach einem richtigen Ball, denn wir waren Fußballkanonen von Weltklasse und fühlten uns durch den Stoffklüngel in unserer Sportlerehre verletzt, doch wir hatten keine Ahnung, wo und wie wir einen Ball auftreiben könnten.

Trotzdem verwandelten wir uns mühelos zu Meistern des Schalker Kreisels, brauchten den Stoffball nur zu sehen, um schlagartig in die Rollen der Fußballzauberer jener Zeit zu springen, umdribbelten als Fritz Szepan leichtfüßig jeden Gegner, ließen als Ernst Kuzorra mit unseren ansatzlosen Wahnsinnsschüssen das Torgebälk krachen, huschten elegant wie Gellesch und Alla Urban die Außenlinien entlang und säbelten als eisenharter Stopper Ötte Tibulski jeden Angreifer von den Beinen. Hotta war immer Hans Klodt und trug die Torwartmütze schief auf dem Schädel, damit jeder die haarlose Macke sehen konnte.

Wenn wir in Spielrausch gerieten und unsere makellosen Flachpässe zelebrierten, blieb die Zeit stehen. Wo auf der Welt wurde sonst noch so traumwandlerisch schön Fußball gespielt! Nirgendwo, ich weiß es. Doch leider blieb der Klüngel ein Klüngel und wurde von keiner guten Fee in einen Lederball verzaubert.

In der Toreinfahrt zu Göhrs Anstreicherwerkstatt war es zwar schattig, aber nicht kühl. Lustlos schoben wir uns den

Ball zu, Hotta forderte Fernschüsse, damit er hechten könnte, doch wir spielten bloß aus dem Stand und kickten lasche Flugbälle in Richtung Tor, aber keiner markierte den Abstauber, um so den Hotta Klodt zu tollen Paraden zu zwingen.

»Nicht immer so doof auf Mann, ihr Kacker!«, rief Hotta. »Mehr in die Ecken zirkeln! Oder habt ihr Pudding in den Waden?«

»Ich hab doch gesagt, dass es zu heiß ist.« Kalla schnitt den Ball mit dem Außenrist an, doch der Klüngel klatschte weit außerhalb des Rechtecks, das wir mit Kreide an die Wand gemalt hatten, sozusagen in die erste Etage. »Wir hören besser auf.«

Wir kamen nicht mehr dazu, über Kallas Vorschlag zu streiten, denn Horstis kleine Schwester mit dem Zopfkrönchen und den Mäuseohren kam angelaufen und verkündete atemlos, in unseren Goldadern kröchen zwei fremde Jungen herum und seien auf was Glänzendes gestoßen.

»Nix wie hin!«, schrie Kalla gellend.

Unsere Goldadern: Das waren die Gänge und Schächte, die wir in die Trümmerberge der Cordulastraße getrieben hatten und die uns die Tauschware für unsere Geschäfte mit Schieber Fettauge lieferten. Da waren Häuser eingestürzt und Mauern und Betondecken zerplatzt, und trotzdem fanden wir tief unter dem Schutt noch unbeschädigte Kristallgläser und Mokkatässchen. Hotta war mit Abstand der kühnste und wendigste Höhlenforscher von uns allen. Wir krochen in die Höhlungen und Blasen und Spalten der Trümmerberge hinein, tasteten in der Finsternis herum, ob es rieselte und stöhnte und knackte oder nicht, indianerhaft auf der Suche nach Nuggets, Diamanten und verborgenen Schätzen zwischen gestürztem Mauerwerk, zersplittertem Gebälk, faulendem Spalierlattengeflecht. Der scharfe Geruch von Verbranntem und nassem Mörtelschutt hinderte uns nicht, bis in eingesunkene Kellergewölbe vorzudringen, wo fette Ratten fiepten. Wir förderten Töpfe, Schuhe, Löffel, Pisspötte, Scheren; wir förderten nässeverklebte Bücher, angekokelte Hüte, zerbrochene Bilder, schimmlige Mäntel. Oder auch einen verbogenen Fleischwolf, ein Kruzifix mit oxydiertem Korpus, eine faulende Menschenhand, einen intakt aussehenden Fotoapparat im Metallgehäuse, ein Weckglas mit eingemachten Dickebohnen …

Und jetzt meldete Gertrud, dass zwei Diebe in unseren Claim eingedrungen seien, um sich an unseren Schätzen zu vergreifen. Auf etwas Glänzendes waren sie gestoßen?

Ja, da kochte das Blut. Da brüllten wir los wie Büffel, rafften den Klüngel und rasten zu den Goldminen. Solche wie uns beklaute man nicht, das würden die frevelhaften Eindringlinge bald begreifen.

»Nix wie hin!«

Wir stießen uns die Füße blutig an den scharfen Kanten der Ziegelsteinbrocken, weil unsere Schuhe ja kaum noch Sohlen hatten, doch wir stürmten entschlossen vorwärts, um unsere Rechte zu verteidigen. Niemand durfte ungestraft unsere heiligen Jagdgründe entweihen. Der Wachtraum von den Indianern fiel mir ein, den ich im Morgengrauen hatte.

Im Schutz der Mauerreste und Trümmerhügel schlichen wir dem Höhleneinstieg zu, von wo wir Geschepper hörten.

Dann sahen wir die beiden Jungen. Sie waren älter als wir, mindestens vierzehn, und wirkten richtig wie wilde Kämpfer. Der Stachelhaarige trug sogar schon eine lange Hose. Und tatsächlich hatten sie etwas Glänzendes zu Tage gefördert: sieben blanke verchromte Konservendosen.

Wir waren eine eingespielte Mannschaft und wussten genau, wie man seine Feinde zum Zittern bringt. Im Halbkreis hatten wir die fremden Knilche umstellt. Als Kalla pfiff, stimmten wir unser großes Kampfgeheul an, schnellten aus unseren Verstecken und ließen einen Steinhagel auf die Diebe prasseln. Bestimmt hielten die uns mindestens für eine Hundertschaft.

»Wir schlitzen euch die Bäuche auf!«, brüllte Pidder.

»Wir schneiden euch die Pillemänner ab!«, keifte Köttel Schraa. »Dann seid ihr Eunuchen!«

»Und ich kann Judo!«, schrie ich mit überschnappender Stimme.

»Lasst keinen entkommen!«, forderte Kalla mit irrer Lautstärke.

Wahrscheinlich gab das den Ausschlag. Die Diebe hatten die Schrecksekunde überwunden und entschieden sich für die Flucht. Zwar war es nicht gerade so, dass sie wie um ihr Leben rannten, doch ein geordneter Rückzug war es auch nicht. Der mit den roten Hosenträgern wollte noch zwei von den Konservendosen mitnehmen, aber weil ihn Horstis Geschoss am Ellenbogen traf, lief er ohne Beute hinter seinem Kumpanen her. Wir hatten sie verjagt, die Goldminen waren in unserer Hand, das süße Siegergefühl stellte sich ein, das wir so dringend brauchten nach der Schmach, die uns die Ulmenhofbanditen zugefügt hatten.

Ja, das war ein starker Tag!

»Was bloß in den Pötten ist?« Hotta zeigte auf die Konservendosen.

»Wird sich sofort zeigen!« Kalla klappte sein Messer auf und stieß die große Klinge in einen Dosendeckel. »Sieht bräunlich aus.«

Wir machten es ihm nach. Es spritzte bräunlich. »Kakao! Kakao!«, jauchzten wir und schlürften gierig, bis wir es begriffen: Es waren Blutkonserven.

Da heulten wir auf, steckten uns die Finger in die Hälse, kotzten uns die Mägen leer, stopften uns Gras und Kastanienblätter in die Münder und Schlünde, um all das rauszuwürgen, was wir geschluckt hatten. Wer Menschenblut trinkt, der wird zum Vampir! Das wussten wir von Mechtild, die nicht nur eine zukünftige Urwaldärztin, sondern auch eine Bücherleserin war und sogar vier Bücher besaß.

Wir hockten stundenlang voll Angst im Schatten der Friedhofsmauer und beobachteten gegenseitig unsere Eckzähne, die sofort anfingen zu wachsen. Pidder, der vor Tagen das Lederetui geborgen hatte, ließ die Nagelfeile wandern, doch so schnell konnten wir nicht raspeln, wie unsere Zähne wuchsen. Erst Mechtild, die in der Notkirche eine Tasse Weihwasser geklaut hatte, erlöste uns. Wir saßen erschöpft in der Abendsonne, verwirrt auch, erleichtert, beleidigt. Goldgräber, die statt des Goldes nur Glimmer aus dem Gestein gebrochen haben, verlieren leicht den Glauben an ihre Träume. Wir fühlten uns in unserer Ehre verletzt. Menschenblut! Ich hatte den Geschmack noch wochenlang auf der Zunge, spürte jedoch nicht die Spur von Ekel. War ich im Grunde ein Kannibale?

»Indianer«, sagte ich.

»Wo?«, fragte Köttel Schraa.

»Ich mein nur. Wenn wir Indianer wären. Nur mal so. So

richtig Blutsbrüder und so. Dass man sich aufeinander verlassen kann bis in den Tod. Nicht mal am Marterpfahl darf man die roten Brüder verraten, weil man sonst nicht in die ewigen Jagdgründe eingehen kann. Versteht ihr, was ich meine? Ewige Treue, also, so in der Art. Wir wären eine verschworene Gemeinschaft, wo einer für den anderen … Also, ne Art Geheimbund, will ich mal sagen.«

»Haste heut schon mal geschissen?«, fragte Hotta.

Hatte ich. »Was hat das mit Indianern zu tun?«

»Gar nix. Aber so geistige Blähungen, die entstehen leicht, wenn man zwei, drei Tage nicht auf dem Klo war. Hat Kimmeskamp gesagt. Der säuft Sauerampfertee, damit er flockig scheißen kann. Mann, Schorsch, was soll denn das Indianergequatsche? Ich bin ganz schlapp von der Kotzerei. Hundert Frikadellen könnt ich verputzen. Und da fantasierst du solche Indianergeschichten von Blutsbrüderschaft und Marterpfählen. Kann sein, dass das Weihwasser bei dir nicht gewirkt hat. Oder wie seh ich das?«

Ich dachte an meinen Wachtraum, der stark gewesen war und prall von Abenteuern, und darum knurrte ich: »Du bist ein Pisser, Hotta! Ein Doofmann und ein Pisser. In deinen Döskopp geht nun mal nix Höheres rein. Soll ich euch meine Idee jetzt verraten oder nicht? Abstimmung!«

Sie waren alle dafür, dass ich den Traum vom Indianerland erzählte, auch Hotta war dafür. Im Grunde hatten wir alle immer und immer wieder die heißen Träume von den weiten Ländern hinter den hohen Bergen geträumt. Ausbrechen. Irgendwohin. Wir sagten das Wort Sehnsucht nicht, doch wir gierten alle nach dem großen Abenteuer. Die bunten Bilder von knallenden Piratensegeln und endlosen Prärien, die Gerüche vom Atem der Büffel und von den Blüten der Tropeninseln, das süße Singen der Meerweiber und die heiseren Schreie der Gauchos: Ja, die Sonne hatte uns toll gemacht. Und so hörten sie mir zu, als ich ihnen meinen Plan schilderte. Wir mit den brennenden Indianerherzen, heimlich in die Vorbereitungen zu unserer Weltreise mitten hinein ins große Abenteuer vertieft, wir mit den Erinnerungen an Bombennächte und gigantische Brände, an Flakfeuer und Todesnachrichten von der Kriegsfront, an die Schreie der Verschütteten und die Schatten der im Phosphor Verkohlten in den Knochen, längst auf der Suche nach der anderen Heimat, die es irgendwo in der Ferne gab und die uns das große Glück verhieß. Ja, wir wollten eintauchen in die geheimnisvollen Dschungel, in die sonnendurchglühten Steppen, in die schweigenden Regenwälder. Weg, nur weg! Die endlose Reise. Ausbrechen. Solche Wünsche machten uns in jenem Sommer ganz verrückt. Und so hörten sie mir zu, als ich ihnen meinen Wachtraum vom Indianerland erzählte.

»Was für 'n Stamm wären wir denn?«, fragte Horsti.

Köttel Schraa war für Apachen oder Komantschen oder Sioux. »Das sind ganz klar die Wildesten und die Stärksten«, behauptete er. »Allenfalls kommen noch die Schoschonen in Frage.«

»So 'n Quatsch hab ich selten gehört«, sagte Pidder. »Irokesen und Delawaren, gegen die hätten die Apachen und so sofort die Hosen voll. Ein Irokesenkriegsschrei, und so 'n ganzer Komantschenstamm fängt an zu weinen. Von den Mandan-Indianern hab ich übrigens auch nur Gutes gehört.«

»Ach, hast du?« Hotta höhnte überheblich. »Assiniboin. Schon mal den Namen gehört? Wenn es einen Stamm gibt, vor dem der ganze Wilde Westen zittert, dann ist es ja wohl der der Assiniboin. Also, die Sache ist entschieden.«

Natürlich war Hotta nur für die Assiniboin, weil sich das Wort so schön anhörte. Jeder brüllte plötzlich einen anderen Indianerstammnamen in den Abend. Ich hatte mich für die Mescaleros entschieden. Nur Kalla hockte da und schwieg.

Ich boxte ihm in die Rippen. »Jetzt sag du was, Kalla!«

Kalla betrachtete aufmerksam seinen dicken Zeh, der sich durch die zerrissene Schuhkappe gebohrt hatte und vor Dreck starrte. Dann sagte er bedächtig: »Schwarzfüße.«

»Die hausen in den Rocky Mountains.« Pidder hatte sich die Schuhe ausgezogen und hielt uns die schwarzen Fußsohlen vor die Nasen. »Ziemlich weit im Norden. Wie wär's denn mit Schweißfußindianer?«

Das fand keiner witzig. Hotta gab zu bedenken, dass die Schwarzfußindianer in Wigwams wohnten und nicht in Pueblos wie wir, aber über solche Kleinigkeiten regten wir uns nicht weiter auf.

»Schwarzfüße oder gar nix!«, entschied Kalla.

»Und wer ist der Häuptling?«, fragte Köttel Schraa.

»Der Stärkste natürlich. Du kannst vielleicht blöd fragen!« Hotta zog sich das Hemd über den Kopf. »Wir ringen jetzt um die Häuptlingsehre. Jeder gegen jeden. Köttel fällt selbstverständlich aus. Aber mit so ner Nase könnt er sowieso nicht Häuptling werden. Häuptlinge müssen nämlich Würde ausstrahlen. Ich fordere jetzt erst mal den Schorsch zum tödlichen Kampf.«

Köttel Schraa protestierte. Wie jeder wisse, würden bei den Indianern nicht die Stärksten und die Schönsten zu Häuptlingen gewählt, sondern die Weisesten. Darum meldete er Ansprüche an. Wir beschlossen aber, dass die Zweikämpfe entscheiden sollten, wer von uns der weiseste Indianer war. Ich war mir ganz sicher, dass mein Ringkampf gegen Hotta unentschieden ausgegangen war, musste mich aber dem Urteil des Rates der Ältesten beugen, der Hotta zum Sieger erklärte.

Den nächsten tödlichen Zweikampf kämpften Pidder und Horsti, doch so sehr der sehnige Horsti auch zappelte, gegen den starkknochigen Pidder kam er nicht an und lag dann mit dem Bauch im grauen Mörtelschutt, während der Sieger den Tomahawk zum vernichtenden Schlag schwang, vom Ältestenrat aber aufgefordert wurde, dem Unterlegenen das Leben zu schenken, was er dann auch großmütig tat.

Zum Schluss kam es zum entscheidenden Ringen zwischen Hotta und Kalla. Wir anderen waren gefesselt von diesem Kampf. Das war kein Spaß mehr, die zwei gaben ihre letzten Kräfte her, keuchten, klammerten, dass die Muskeln fast zersprangen, fintierten und tricksten, um den Gegner von den Füßen zu holen. Kalla vor allem war jetzt ganz und gar ein Indianer. Seine schwarze Mähne klebte schweißnass im Gesicht, die dunklen Indianeraugen sprühten Blitze, er bleckte die Zähne, als wollte er sie in Hottas Schulter schlagen. Und plötzlich schrie er schrill und hatte mit einem jähen Ruck Hotta so sehr im Schwitzkasten, dass der nur noch schlaff die Hand zur Aufgabe heben konnte. Hotta lag dann wie ohnmächtig am Boden, Kalla saß da mit pfeifenden Lungen. Wir waren uns einig, dass er der Weiseste war.

Auf diese Art wurde Kalla Zielinski zum Häuptling Sitzender Bulle. Wir holten uns ein paar Kippen aus unserem Versteck und benutzten sie als Friedenspfeifen. Außerdem war das Rauchen gut gegen den Hunger.

Köttel Schraa erklärte, den großen Schwur müssten wir nun mit Blut vollziehen. Ausgerechnet er redete von Blut! Völlig klar, dass man Blutsbrüderschaft nur schließen kann, wenn man gegenseitig sein Blut trinkt, doch wir hatten an diesem Abend schon genug Blut getrunken. Darum beschlossen wir, das Ritual mit dem Armaufschlitzen auf einen späteren Zeitpunkt zu verschieben. Der heilige Schwur würde auch so vor Manitus Augen Gnade finden.

Kalla hob die Schwurhand. »Sprecht mir nach, meine roten Brüder! Wer den Stamm verrät …«

Und wir flüsterten feierlich: »Wer den Stamm verrät …«

»… der verliert seine ganze Ehre und wird niemals in die ewigen Jagdgründe eingehen!« Kalla jauchzte die Worte geradezu.

Wir echoten: »Der verliert seine ganze Ehre und wird niemals in die ewigen Jagdgründe eingehen!«

Kalla rief beschwörend: »Jeder kann sich auf jeden verlassen, nicht mal am Marterpfahl haut der eine rote Bruder den anderen roten Bruder in die Pfanne, wir schwören, dass wir uns an den Ulmenhofbanditen blutig rächen werden und dass wir dann gemeinsam aufbrechen werden zu dem endlosen Land der Schwarzfüße tief im Wilden Westen. Howgh! Häuptling Sitzender Bulle hat gesprochen!«

Auch das, bis auf die Häuptlingsformel, sprachen wir dem Sitzenden Bullen feierlich nach, wobei wir allerdings wegen der Länge des Satzes ein bisschen ins Stammeln gerieten, doch das änderte nichts am großen Schwur.

Wir gaben uns dann diese Namen: Rollender Donner für Pidder, Großer Bär für Horsti, Blutende Nase für Köttel Schraa, Schreiender Adler für Hotta. Ich wurde der Singende

Pfeil. Kalla hatte ja schon einen Namen. Und jetzt waren wir die Schwarzfüße und fühlten uns auch so.

»Fahrräder«, sagte Kalla Sitzender Bulle. »Als Erstes müssen wir Fahrräder organisieren für die große Reise in den Wilden Westen. Wenn wir drüben sind, tauschen wir die gegen Mustangs ein. Wenn Fettauge Marquart uns nicht sechs Fahrräder beschafft, ist er des Todes. Howgh!«

»Howgh!«, riefen wir alle so laut, dass es von der Mauer der kaputten Druckerei Girardet zurückschallte. Dann verkrallten wir unsere Hände zu einem mächtigen Knoten und schwiegen und schauten hinauf zu den Sternen, die zwar noch nicht zu sehen waren, die wir uns aber gut vorstellen konnten. Oben der flammende Sternenhimmel, unten die verschworene Gemeinschaft der Schwarzfüße.

Wir zündeten dann ein Feuer an und ließen eine Kippe wandern. Den Rauch bliesen wir, wie es der alte Brauch verlangt, in alle vier Winde. Längst waren die Schutthalden zu den grünen Hügeln von Wyoming geworden, die Ruinen hatten sich in schroffe Felsen verwandelt, das Eisenträgergewirr wurde zum Totempfahl. Und so beschien der dünne Mond das Büffelgras der Prärie und die weißen Wände unseres Pueblos, die silbernen Seen und die flüsternden Wälder. Pferde schnaubten, Nachtvögel klagten, Kojoten heulten in der Ferne. Die Schwarzfüße träumten.

Als ich dann gegen Mitternacht nach Hause kam, gab es eine Menge Ärger für die Rothaut Schorsch Singender Pfeil, und sogar die Oma, die keine richtige Oma war, stimmte ein ins allgemeine Geschrei. Die Beschimpfungen prallten natürlich an mir ab.

So endete ein starker Tag.

3 Der Zittermann

Neben all den hoffnungsvollen Schaffern, die sich fast verzückt an die Wahnsinnsarbeit machten, unsere Stadt wieder aufzubauen, hausten auch eine Menge merkwürdiger Leute in unserem Viertel, die hatten nicht wieder zu sich gefunden, die wurden nicht gesund, die kamen nicht los von ihren Ängsten, denen steckte das Entsetzen noch immer im Hirn, für die gab es keine Erlösung von dem Bösen.

Frieden: für sie nur ein Wort, nichts als ein Wort. Und eigentlich war diese Zeit nach der Kapitulation der deutschen Reichswehr und der Befreiung durch die Truppen der Alliierten ohnehin noch nicht das, was man Frieden nennen könnte. Wer Hunger leidet, der kriegt das Wort Frieden nicht so leicht über die Lippen.

Frau Gespenst, deren Namen niemand wusste, weil sie ihn nicht sagte oder weil sie ihn vielleicht selber vergessen hatte, geisterte nachts durch die düsteren Straßen, schrie hinaus, was sie in ihren schrecklichen Geschichten und Albträumen sah, und jammerte einen seltsamen Ton, ein Jaulen fast. Hotta behauptete, dass sie den Namen Paul rief und weinte. Das konnte gut sein. Ihr Mann? Ihr Sohn? Und was war mit dem Paul geschehen? »Frau Gespenst spinnt schon wieder!«, lachten die Leute. Nein, für Mitleid hatte man keine Zeit, man hatte genug mit sich selbst zu tun. Was ging einen die Irre an? Aber selber stellte man Lichter in die Fensterhöhlen, weil man glauben wollte, dass dann die verschollenen Angehörigen besser heimfänden. Frau Gespenst war vielleicht vierzig Jahre alt oder auch achtzig. Wer konnte das bei solchen Hautauf-den-Knochen-Menschen schon erkennen? Noch lange Jahre wimmerte sie Nacht für Nacht.

Der bekloppte Ex-Rektor Schnückel blies im Morgengrauen Weihnachtslieder auf der Ventilposaune und hörte immer erst auf, wenn die Nachbarn ihm drohten, Feuer an sein Haus zu legen. Vor Feuer fürchtete er sich unsäglich. Dabei hatte er, wie einige noch genau wussten, mitgeholfen, als die SA-Männer auf großen Scheiterhaufen die Bücher aus den Bibliotheken verbrannten und die alte Synagoge einäscherten. In brauner Uniform und in Reitstiefeln hatte der feiste Rektor Schnückel unterrichtet und den Schülerinnen und Schülern, die stundenlang strammstehen mussten zum Morgenappell und zum Führergruß unter der Hakenkreuzfahne, sein Märchen vom Tausendjährigen Reich verkündet. Doch nun war er dünn und leer im Kopf und spielte »Es ist ein Ros entsprungen« und wünschte lauthals allen ein frohes Weihnachtsfest.

Da war der Stotterer, der mit seiner Handprothese Rundschläge austeilte, wenn ihm Gesichter nicht gefielen; da war Liesbeth Opdenacker, die jedem, der ihr begegnete, von ihrer schönen Tochter erzählte, die ihr so viel Freude mache, doch wir wussten ja, dass das Mädchen bei einem Bombenangriff von der einstürzenden Sparkassenfassade erschlagen worden war; da war Tönne Platscheck, der Robbenköpfige, der rund um die Uhr johlend das Jüngste Gericht herbeisehnte; da war die gesäßlastige Brillenfrau mit dem Schäferhundrüden, der sogar in ihrem Bett schlief, wie die Leute behaupteten; da war die verbitterte Witwe mit dem schütteren Haar, die noch und noch Eingaben an die britische Stadtkommandantur richtete mit der Forderung, dass alle deutschen Offiziere in den

Kriegsgefangenenlagern zu erschießen seien, weil sie den Führer verraten hätten, und dabei war ihr Mann selber Offizier bei der Luftwaffe gewesen. Verwirrte Leute, merkwürdige Leute.

Und dann gab es den Zittermann!

Dürr war er wie ein gerupfter Hahn, lang wie eine Fahnenstange, oberhalb der Schulterblätter krumm wie ein müder Greis, doch er war gewiss noch nicht alt. Das weiße Haar täuschte, die Haut auch, die war grau vom Gas. Zuerst hatte mein Vater vermutet, der Zittermann sei ein Jude, sei einem der Konzentrationslager entkommen. Doch wäre damals wirklich solch ein Mann in Deutschland geblieben? Es ging auch das Gerücht, der Zittermann wäre ein ehemaliger Priester gewesen, der aus Protest darüber, dass die Kirche zu den Verbrechen der Nazis geschwiegen hatte, aus seinem Amt geschieden war. Ich glaubte das nicht. Denn einmal hatte er zur frommen Mechtild gesagt: »Ich konnte die Pfaffen noch nie leiden.« Kommunist: So hatten ihn auch welche genannt.

Wir wussten nur dies über den Zittermann: dass er in einem Abstellraum neben dem Kohlenkeller in unserer Schule wohnte und hin und wieder dem Hausmeister bei kleinen Reparaturarbeiten half, ja, und dass unentwegt ein Zittern über seinen Körper lief.

Der Zittermann wusste von unseren Geschäften mit dem Schieber Marquart. Er hatte uns gesagt: »Glaubt mir, so einer ist wie ein Fettauge. Der schwimmt immer oben, egal, wer gerade an der Regierung ist. So ein Typ paktiert mit Königen und Marxisten, mit Nationalsozialisten und Kapitalisten, mit Demokraten und Gangstern. Der macht sich Freunde mit dem ungerechten Mammon, und darum gewinnt er immer.« Wir verstanden das nicht so richtig, wir wussten aber, dass Fettauge Marquart der einzige Kunde für unsere wertvollere Beute war. Als ich die silberne Brosche mit dem großen grünen Stein aus dem Schuttberg in der Kunigundastraße grub, brachte ich sie zu Fettauge Marquart, und dann konnte sich unsere Familie vier Tage satt essen. Natürlich hätte ich den Schmuck lieber der X-Bein-Gremme geschenkt.

Fettauge hatte mit den kleinen Schwarzhändlern nichts zu tun, über die lachte er bloß. Er hatte beim zerstörten Güterbahnhof eine Lagerhalle mit Laderampe zu seinem Hauptquartier gemacht, ließ ein Dutzend Männer für sich malochen und trieb Naturalienhandel im ganz großen Stil. Geld interessierte ihn nicht. Was waren diese lächerlichen Scheine auch schon wert! Was konnte man sich für diese Papierchen – eine Reichsmark, eine halbe Reichsmark – auch schon kaufen! »Ewige Werte«: So nannte er das, was er als Zahlungsmittel akzeptierte, also Gold und Silber, Teppiche und wertvolle Möbel, Meißner Porzellan und Originalgemälde, Familienschmuck und Briefmarkensammlungen, Vorkriegsgarderobe und Orden. Ja, vor allem Orden! Nahkampfspangen und Eiserne Kreuze, Verwundetenabzeichen und Ritterkreuze mit Eichenlaub und Schwertern. Die englischen Besatzer waren geradezu wild auf Naziorden. Sogar für lumpige Hakenkreuzarmbinden gaben sie Schokolade und Cornedbeef her. Sie wollten Trophäen nach Hause schicken.

Jedem in unserem Viertel war klar, dass Fettauge Marquart mit vielen Besatzungsoffizieren und mit der neuen deutschen Polizei unter einer Decke steckte. Denn nur so konnte er es schaffen, dass die Transportfahrzeuge umgeleitet wurden und dass manche Lebensmittelzuteilung, die für die hungernde

Bevölkerung bestimmt war, nicht in den Läden ankam, sondern in seinem Warenlager landete. Für eine Taschenuhr mit Goldauflage gab er ein Kilo Weizenmehl oder eine Dose Salzschinken her. Dass er uns nach Strich und Faden beschiss, wussten wir, doch wir waren gezwungen, mit dem Schieber Marquart Handel zu treiben, denn eine andere Adresse für unsere Beute wussten wir nicht. Fettauge: Der Zittermann hatte ihm den Namen gegeben.

»Nur Fettauge kann uns Fahrräder beschaffen«, sagte Kalla.

Weil wir ja dringend Fahrräder brauchten, gingen wir also zu Schieber Marquarts Lagerhalle. Einer seiner Arbeiter, der mit einem Schraubenzieher Goldzähne aus einer Zahnprothese pulte, sagte uns, der Chef sei in seinem Büro.

Von außen sah das Chefbüro wie eine gammlige Garage aus, von innen wie der Thronsaal eines Paschas aus dem Märchenbuch. Jedenfalls kam es uns so vor. Chaiselonguen und Plüschsessel, Gobelins mit Jagdszenen an den Wänden und Kristallvasen auf dem kleinen Marmortischchen. Eine grell geschminkte Frau glitt von der gläsernen Schreibtischplatte, verschluckte sich am Zigarettenqualm, strich sich hastig den Rock zurecht und blaffte uns an, ob wir nicht klopfen könnten.

»Hier riecht's wie im Puff!«, flüsterte Pidder halblaut. Den Satz hatte er vom Langen Raddatsch gelernt.

»Wir haben geklopft«, behauptete Horsti.

»Sind doch nur die Jungs«, beruhigte Fettauge die Blondine und sprang sportlich aus dem Schreibtischdrehstuhl. Er trug einen feinen braunen Anzug mit doppelter Knopfreihe und eine silberne Fliege. Das dunkle Haar hatte er so auf seinem Schädel verteilt, dass man die Stirnglatze kaum sah. Er spielte wie immer die Rolle des schlanken, sportlich-flotten Herrn in den besten Jahren. »Was habt ihr anzubieten?«

»Nichts«, sagte Kalla, »heute nichts. Wir haben nur mal ne Frage. Können Sie uns sechs Fahrräder besorgen?«

Fettauge lief rot an und verfiel in einen lautlosen Lachanfall, aus dem er sich nur allmählich erholte. Dann steckte er sich die elfenbeinerne Zigarettenspitze ins linke Nasenloch und kicherte: »Sechs Fahrräder – sonst noch was? Hört zu, ich kann euch den Kölner Dom besorgen und ne Omnibusladung Bauchtänzerinnen. Von mir aus auch so 'n paar frisch geschlachtete Nashörner. Ich kann euch alles besorgen, kapiert? Aber sechs Fahrräder! Ihr habt sie wohl nicht alle!« Er tippte sich so heftig gegen die Stirn, dass man das Klatschen wahrscheinlich bis draußen hören konnte.

»Also nicht?«, fragte ich.

Fettauge polterte los. »Fahrräder sind mit Gold nicht aufzuwiegen! Wer ein Fahrrad hat, macht ne Hamstertour ins Oldenburgische. Die Bauern geben ihm drei Schweine mit Kusshand und die Oma noch dazu. So scharf sind die auf Fahrräder. Es gibt kaum was Wertvolleres heutzutage.«

Ich dachte an meinen Patenonkel, der nur ein halbes Pfund Butter für sein Fahrrad bekommen hatte, und dabei war es sogar eins mit Holzfelgen gewesen. Nein, ich glaubte dem Schieber Marquart kein Wort. »Wie man sich täuschen kann«, sagte ich so richtig schön von oben herab, »wir dachten, Sie könnten uns leicht ein paar Fahrräder besorgen. Wir haben Sie wohl überschätzt.«

Das brachte ihn auf die Palme. »Ledermöbel! Verschafft mir Ledermöbel! Oder Tassen mit Goldrand! Und antike Heiligenfiguren brauch ich auch dringend. Bringt mir solche Sachen, und ihr kriegt von mir die verdammten Fahrräder einschließlich Luftpumpen und Leuchtpedalen. Aber schleppt mir bloß nicht euern üblichen Tüttelkram an, kapiert? So, Ende der Verhandlung. Raus mit euch!«

Die Blondine feixte so gemein, dass ich ihr am liebsten eine geschmiert hätte.

Wütend und enttäuscht schlichen wir vom Gelände und spürten, wie unsere ersehnten Jagdgründe im Wilden Westen in weite, weite Fernen entschwanden.

»Wir werden uns Fahrräder besorgen!«, knurrte Kalla. »Wenn nicht so, dann eben anders.«

»Wie anders? Wie meinst du das?«, wollte Köttel Schraa von ihm wissen.

»Wir könnten zum Beispiel solche Leute überfallen, die ihre Drahtesel an die Bauern verkloppen wollen. Solche Hamsterfahrer. Wir springen aus dem Gebüsch – und zack! Schon ist der Kerl seine Karre los.«

»So fluppt das nicht.« Horsti schüttelte heftig seine Mähne. »Edle Schwarzfüße sind doch keine feigen Diebe. Wir müssen das ganz anders machen.« Dann war Horsti mit seiner Weisheit am Ende.

Wir schlenderten in Richtung Gruga. Wir hatten Hunger und Durst.

»Den Marquart könnt ich abmurksen«, knötterte Hotta. »Fettauge ist ein hundsföttisches Bleichgesicht. Da kann man nix machen.«

Kalla sah das anders. »Von wegen! Der steht auf meiner Liste, der wird noch mal am Marterpfahl um Gnade winseln, wenn ich den in die Mangel nehme. Regelrecht rausgeschmissen hat der uns. Ob wir die blondierte Trulla entführen? Dann könnten wir Fettauge lecker erpressen.«

Ungefähr eine Viertelstunde waren wir mit Kallas Frage beschäftigt, riefen uns erregt die Argumente zu, planten auch schon Einzelheiten und konnten uns dann doch nicht einigen. Wer vergreift sich schon an einer Squaw!

Außerdem mussten wir schnell in die Holunderbüsche eintauchen, weil aus der Ferne ein Jeep der Militärpolizei angeschnurrt kam. Das Betreten des Gruga-Parks war nämlich bei Strafe verboten. Das verkündeten auch die grellgelben Warnschilder, die in regelmäßigen Abständen beim Stacheldrahtzaun aufgestellt worden waren.

Der Park war für die Große Ruhrländische Gartenbauausstellung angelegt worden, doch im Krieg hatten die Flak-Helfer zwischen exotischen Bäumen und verträumten Teichen ihre Kanonen aufgestellt, um auf die Bombergeschwader zu schießen, die wieder und wieder ihre explosive Fracht über unserer Stadt abluden, um die Industrieanlagen zu zerstören. Krupp, die Waffenschmiede der Nation: Das vor allem war ihr Ziel. Die Flak-Geschütze hatten nichts bewirkt, die Gruga hatte auch ihren Teil abgekriegt, Bombentrichter und verbrannte Gehölze hatten den Park zur Kraterlandschaft entstellt. Die Blindgänger waren noch nicht entschärft worden, das wusste man, klar, dennoch bewirkten die Warnschilder nicht viel.

Die Kriegsheimkehrer Bronny und Leggewigs Jupp, beduselt von Klüngelskerl Musials selbst Gebranntem, hatten in der Gruga eine Bombe aus dem Boden gegraben und waren mit Hammer und Stecheisen ans Entschärfen gegangen, weil sie sich für Experten hielten oder weil sie auch bloß angeben wollten vor den neugierigen Gaffern, und dann war die Sprengbombe explodiert und hatte nicht nur die zwei Spezialisten, sondern auch vier von den Zuschauern zerfetzt. Leggewigs Witwe erklärte allen Leuten, ihr wäre es lieber gewesen, wenn Jupp nicht aus dem Krieg zurückgekehrt wäre.

Die Große Badende, acht Meter hoch, aus Stahl gegossen und keck einen Fuß anhebend, hatte den Krieg unbeschadet überstanden und stand noch immer in praller Nacktheit gegenüber dem Eingang, doch der Wasserstrahl der Spritzdüse war versiegt, im gekachelten Becken moderte Laub. Wie immer blieben wir erst einmal vor der Figur stehen. Die Stellen. Wir stierten die Stellen an: die Brüste, den Wulst des Schamhaars, die Schenkel. Hast du Unkeusches angeschaut? Klar, hatten wir. Die Fragen des Beichtspiegels waren uns nur zu gut bekannt. Allein oder mit anderen? Mit anderen! Mit dem gesamten Stamm der Schwarzfüße.

»Die kann einen ganz schön auf Gedanken bringen«, stöhnte Pidder.

»Jau!«, pflichtete Köttel Schraa bei und haute Hotta den Ellenbogen in die Seite. »Was du's mal wieder gut hast! Warum braucht ihr Evangelischen eigentlich nicht zu beichten?«

Hotta zuckte uninteressiert die Achseln, weil er sich aus Religionen sowieso nichts machte. Wir anderen beneideten ihn sehr, dass er das alles so locker sehen konnte, denn wir hatten gelernt, dass wir im Falle eines plötzlichen Todes nicht in den Himmel kommen könnten, wenn wir nicht im Stande der heilig machenden Gnade wären, und wir ahnten, dass wir uns verdammt oft nicht in diesem Stande befanden. Darum fürchtete ich nichts auf der Welt so sehr wie einen plötzlichen Tod.

In der Gruga kamen wir manchmal mit dem vertrackten sechsten Gebot in Konflikt, weil wir oft hinter Ilexbüschen und Ziermäuerchen auf der Lauer lagen, um uns Unkeusches anzuschauen. Wir wussten nämlich ziemlich genau, in welchen Winkeln des großen Parks sich die britischen Soldaten mit ihren Liebchen ins Unterholz verkrochen, um das zu machen, wozu Langen Raddatsch uns das Wort geliefert hatte: vögeln. Wir lagen dann schwer atmend und aufgeregt und mit roten Ohren in unseren Verstecken und schauten aus der Ferne zu, wie sich weiße Haut zeigte, wie sich Körper aneinander quetschten und in rhythmische Zuckungen verfielen. Wir vernahmen Gekeuche und kleine Schreie und genossen unser Verwirrtsein, aber hinterher vermieden wir es, uns gegenseitig in die Augen zu sehen. Diese Mischung aus Schuldgefühl und Ahnung: Warum das sündig sein sollte, was wir da taten, begriffen wir nur ungefähr, aber wir beichteten es mit hastigem Gestammel. Einmal hatten wir auch zwei Männer beobachtet, doch weil wir es nicht verstanden, schrieben wir es auch nicht auf unsere Schuldkonten. Langen Raddatsch, dem wir davon berichteten, sagte grinsend, das seien schwule Brüder, und darunter konnten wir uns nichts vorstellen. Die Gruga war immer gut für Überraschungen.

Manchmal fanden wir nämlich auch etwas Essbares. Zwischen verwucherten Rosenhainen und verwilderten Buchsbaumhecken, neben Keramikfiguren von bocksfüßigen Hirtengöttern, die die Panflöte bliesen, und kupfernen Putten und Riesenfröschen, die einmal unentwegt Wasser gespien hatten, entdeckten wir bisweilen winzige Gärten, die hastig und heimlich von irgendwelchen Zeitgenossen angelegt worden waren, welche hofften, dass niemand diese Futterstellen entdeckte. Doch uns Spähern entging nichts. Wir lagen dann im Moos und kauten Zwiebeln und Möhren, zerhackten mit unseren Messern Bohnenschoten und unreife Kartoffeln und brieten uns Mahlzeiten an rauchlosen Feuern. Wenn wir verfolgt wurden, versteckten wir uns in den Weißbuchenhecken, die einst zu neckischen Irrgärten geformt worden waren. Ja, wir kannten uns aus in diesem Park, in dem die Natur das Werk der Gärtner längst vereinnahmt hatte. Vor den Bombenlöchern nahmen wir uns höllisch in Acht, auch vor den Schlangen und Großechsen, die aus den Terrarien ausgebrochen waren und nun in der freien Wildbahn nach Mäusen und Ratten jagten, und auch vor den Schnappfallen der Wilddiebe. Einmal hatten wir in einer Falle ein dickes Kaninchen entdeckt, doch weil es noch zappelte, befreiten wir es, obwohl sein Rückgrat offenbar gebrochen war. Hinterher tat es uns Leid, dass wir uns diesen Braten hatten entgehen lassen, denn an zwei Tagen fiel die Quäker-Speise aus. Zu allem Unglück war Horsti auch noch von einem Basilisken oder Leguan gebissen worden, aber wir brannten die Wunde sofort mit einem glühenden Messer aus, und außer Horstis Geschrei und einer nässenden Wunde ist von diesem Unglück nichts mehr geblieben, denn Mechtild nahm sich noch am gleichen Tag des Verletzten an. Von ihr erfuhren wir auch, dass die Reptilien den Winter nicht überstehen würden. Aber noch war Sommer – und was für einer!

»Nun reißt euch man endlich los!«, forderte Kalla und warf einen Lehmklumpen nach der Großen Badenden. Er traf die Gegend um den Bauchnabel. Die Riesendame gab einen Glockenton von sich. »Ich muss unbedingt was saufen.«

Wir robbten unter dem Stacheldrahtverhau durch. Niemand ratschte sich an diesem Tag das Hemd oder die Haut auf. Wir drangen in diesen seltsamen Dschungel ein, trotteten über das Gras der Platanenallee, deren Asphaltbelag nur noch an wenigen Stellen zu erkennen war, und schlüpften beim ehemaligen Seehundbecken durch das Gewucher aus Lilienstauden und Brennnesseln zu dem Seerosenweiher hinunter, der versumpft war und Fröschen, Schnaken und Libellen ein prächtiges Zuhause war. Doch wir wussten, dass da noch ein Brunnen rann, der eiskaltes Wasser bot, das anscheinend aus großer Tiefe kam.

Es gab keinen geheimnisvolleren Ort im großen Gruga-Park, das empfand ich jedenfalls, und das lag an den schönen Wörtern. Bärlappgewächse verbargen das Mosaik fast ganz, Steinchen waren aus der Wand geplatzt, doch die Frau mit den traurigen Augen, dem wallenden Gewand und dem amphorenartigen Wasserkrug, die sich zu dem rätselhaften Gesicht beugte, das das Wasser spuckte, war ganz deutlich zu erkennen. Vor allem aber waren da die schönen Wörter, aus goldenen Steinchen gefügt: »Abendstern, alles bringst du wieder, was die schimmernde Morgenröte zerstreute. Bringst wieder das Schaf, bringst wieder die Ziege, bringst wieder der Mutter ihr Kind.« Und darunter stand in silberner Schrift: »Sappho.« Der Zittermann hatte mir gesagt, Sappho sei eine altgriechische Dichterin von der Insel Lesbos gewesen, doch Altgriechisch oder Neugriechisch oder Altenessener Platt: Mir waren nur die schönen Wörter wichtig, die wunderbare Bilder in meinem Kopf entstehen ließen und die ich mir manchmal, wenn es keiner hören konnte, laut und feierlich vorsagte. »Abendstern, alles bringst du wieder …« In dieser Zeit der zerstörten Städte und der beschädigten Menschen war ich gierig auf schöne Wörter. Und darum kannte ich keinen schöneren Ort als diesen versteckten Brunnen.

Wir schlürften voll Wonne das kühle Wasser und hielten die erhitzten Köpfe unter den sanften Strahl. Es kann gut sein, dass auch die anderen von dem Zauber dieser Stille angerührt wurden, denn selbst der Schreier Schraa redete flüsternd.

»Toffte hier!« Köttel Schraa betastete seine Nase. »Lasst uns hier drei Hütten bauen! Für Moses eine, für Elias eine und für mich eine.«

»Stammt das aus der Bibel?«, fragte Hotta. »Klingt so fromm.«

»Was Köttel Schraa so quasselt, ist alles angelesen«, sagte Kalla. »Oder hast du den schon mal was Eigenes reden hören? Vielleicht hebt der Herr Bibelforscher mal seinen Arsch vom Rasen, wir wollen nämlich allmählich weiter. Was wär mit Enteneiern?«

Bei den großen Teichen gab es Nester. Aber ob die Enten auch im Hochsommer noch Eier legten, wussten wir nicht. Bevor wir weiterzogen, warf ich einen letzten Blick auf die goldenen Wörter. »Bringst wieder das Schaf, bringst wieder die Ziege, bringst wieder der Mutter ihr Kind.« Ich spürte richtig, wie die schöne Traurigkeit mir in den Hals stieg.

Aber wir kamen nicht weit. Kaum waren wir an den drei Nymphen vorbei, denen jemand die tönernen Nasen und die Brustspitzen abgeschlagen hatte, kaum hatten wir das Piniengehölz durchquert, da blieb Kalla wie angewurzelt stehen und stieß einen Pfiff aus.

»Da!«, flüsterte er. »Da!«

»Leck mich einer anne Fott!«, stöhnte Pidder.

Hotta stellte überflüssigerweise fest: »Da hängt einer!«

Das sahen wir alle, dass da einer vor uns im Baum hing. Die Füße pendelten im leichten Wind. Der Strick war am Ast einer Trauerweide festgemacht. Das Gesicht des Toten war fast schwarz. Die geschwollene Zunge hing aus dem Mund. Fliegen sirrten laut und bedeckten die Augen und die Lippen des toten Mannes. Dann drang uns der süßliche Geruch in die Nase.

Ich sagte: »Ich glaub, der hängt da schon lange.« Meine Stimme kam mir vor, als gehörte sie gar nicht zu mir. »Mindestens paar Stunden.«

»Und wie der schon stinkt!«, wisperte Horsti. »Da kann man gar nix mehr machen. Ich mein Wiederbelebung.«

Köttel Schraa krächzte zittrig: »Der ist völlig hin. Da knackt der Kehlkopf durch, wenn man sich so aufhängt. Das Genick … Das Genick bricht auch. Dem ist nicht mehr zu helfen.«

Kalla schrie plötzlich, als wäre er aus einem Albtraum aufgeschreckt: »Wir müssen ihn runterholen! Abschneiden müssen wir ihn!«

Wir alle hatten während der Kriegsjahre Tote gesehen, doch deren Tod war gewaltsam und von außen verursacht worden. Dass sich jemand selber das Leben nahm und ausgerechnet jetzt, wo doch alles nur noch besser werden konnte, das machte uns verrückt. Wir konnten es einfach nicht verstehen, und darum drehten wir völlig durch.

Kalla schrie: »Pinnchen ziehen! Zwei müssen ihn abschneiden!«

»Ich mach nicht mit!«, brüllte Köttel Schraa. »Den pack ich nicht an!«

»Leichengift! Man muss auch an das Leichengift denken.« Pidder hob den Zeigefinger hoch, doch weil der so sehr zitterte, steckte er die Hand in die Hosentasche. Sein Gesicht wirkte grün und ganz spitz.

Bestimmt hätten die andern es mir angesehen, dass ich kurz vor dem Kotzen stand, sie hatten aber nur Augen für den toten Mann, der sich ausgerechnet am Ast einer Trauerweide erhängt hatte. War das Zufall?

»Lasst uns abhauen!«, wimmerte Horsti.

Da fiel Kalla anscheinend ein, dass er der Häuptling Sitzender Bulle war und Gelassenheit und Würde zu zeigen hatte. »Macht euch mal nicht in die Hemden!«, sagte er. »Soll ja schon mal vorkommen, dass einer Selbstmord macht. Oder wie seh ich das?«

»Aber wenn es vielleicht Mord ist«, gab Horsti zu bedenken.

Kalla klopfte ihm mit der Faust vor die Stirn. »Red doch keinen Stuss! Brauchst doch mit deinen Glubschaugen bloß auf das Schild zu gucken. Völlig klarer Fall von Selbstmord.«

Allmählich bekamen wir den Schock aus den Knochen. Auf dem Schild, das am Hals des Toten hing, stand in schwarzer Kreideschrift: »Demontage nahm mir das Brot! Mir blieb nichts andres als der Tod!« Demontage: Davon hatten wir gehört. Fabriken und Eisenhütten mussten gesprengt werden, die Arbeiter standen dann mit leeren Händen auf der Straße und hatten keinen Anspruch mehr auf Lebensmittelzuwendungen. Und wahrscheinlich war dieser tote Mann so verzweifelt gewesen, dass er keinen anderen Ausweg mehr wusste, als sich aufzuhängen. Aber wenn er eine Frau hatte und Kinder? Vielleicht warteten die zu Hause auf ihn, oder sie liefen durch die Straßen und suchten ihn. Mussten wir nicht zur Polizei rennen und unseren grausigen Fund melden? Ich sagte es den anderen.

»Am besten, wir haben mit der ganzen Sache nix am Hut«, meinte Köttel Schraa. »Wir haben nix gesehen, wir sind überhaupt nicht hier gewesen. Am Ende behauptet noch jemand, wir hätten zugeschaut, als der sich aufhängte, und wir hätten vielleicht den Selbstmord verhindern können. Man kennt die Brüder doch, die sind zu allem fähig.«

»Genau«, sagte Kalla, »und man darf die Marokkaner nicht vergessen.«

Das war ein starkes Argument. Es ging nämlich das Gerücht, dass in der englischen Armee auch marokkanische Soldaten dienten, die vor allem bei Verhören eingesetzt würden, weil sie Meister im Foltern wären. Wir konnten uns das gut vorstellen, wie man uns brennende Zigaretten in die Haut drückte, und darum beschlossen wir, den Mund zu halten. Und zu helfen war dem Mann ja auch wirklich nicht mehr. Wenn bloß die Fliegen nicht so entsetzlich gesirrt hätten!

Plötzlich flüsterte Hotta: »Mensch, die Schuhe!«

Die Schuhe, die der Tote an den Füßen hatte, sahen richtig neu aus. Es waren helle Halbschuhe, die vielleicht sogar aus Leder waren. Genau konnte ich das aus der Entfernung nicht erkennen.

»Die passen dem Käse-Rudi garantiert.« Hotta biss sich auf die Unterlippe und presste die Fingernägel in die Handballen. »Habt ihr gesehen, was für olle Schluffen der Rudi anne Füße hat?«

»Häj! Du willst doch nicht etwa …«

Weiter kam ich nicht, denn Hotta wollte wirklich. Er riss

sich das Hemd aus der Hose, drückte es sich vor Mund und Nase und spurtete los. Die Leiche geriet heftig ins Schaukeln, als Hotta an den Schuhen riss, dem Toten entfuhr ein ekliger Rülpslaut, der Ast quietschte, der Fliegenschwarm stob auf und umquirlte Hotta wie eine Nebelwolke. Dann kam Hotta zurückgerannt und hustete sich Schleim aus dem Rachen. In den Händen hielt er die Schuhe.

»Guckt mal nach, ob meine Haare weiß geworden sind!«, forderte Hotta.

»Donnerlüttjen!«, sagte Kalla. Das war ein gewaltiges Lob aus seinem Mund.

Ich bewunderte meinen Freund Hotta sehr. Auf dem Rückweg redeten wir unentwegt dummes Zeug und hüpften albern herum. Das war aber nur fauler Zauber. Keinem von uns war wirklich nach Lachen zumute.

Am Abend traf ich den Zittermann auf seinem Trümmerspaziergang und fragte ihn, warum die Besatzungsmächte die Demontage der Industrieanlagen eigentlich befohlen hatten. »Sie haben Angst, dass die Deutschen wieder eine Weltmacht werden und wieder aufrüsten, wenn sie sich vom Krieg erholt haben. Sie trauen den Deutschen nämlich nicht. Darum wollen sie das Ruhrgebiet internationalisieren, die Großindustrie radikal demontieren und aus Deutschland einen reinen Agrarstaat machen. Den Plan hat sich ein Amerikaner namens Morgenthau ausgedacht.«

»Agrarstaat? Was ist das?«

»Kohlacker, Kartoffelacker, Rübenacker. Kannst du dir aussuchen.«

Ich schrie: »Das ist doch Wahnsinn! Wir wollen doch alles wieder aufbauen! Warum machen die Alliierten denn so einen Scheiß? Die haben doch nicht alle Tassen im Schrank. Hitler ist tot. Nazis gibt's nicht mehr. Als ob die Deutschen noch mal nen Krieg anfingen!« Wirklich, ich war richtig zornig, weil ich an den toten Mann dachte.

Der Zittermann legte den Kopf schief, als ob er lauschte. Fast flüsternd sagte er dann: »Ich kann ihre Angst verstehen. Ich hab auch Angst vor den Deutschen. Die sind nämlich unfähig, was zu lernen. Der erste Weltkrieg war kaum vorbei, da fingen sie schon den zweiten an, und wenn sie mal einen dritten ...« Er brabbelte etwas, was ich nicht verstehen konnte, weil er so leise redete. Dann lachte er laut. »Keine Angst, Schorsch! Die geben die Sache mit der Demontage bald auf. Wetten? Die werden schon bald mit den tüchtigen Deutschen paktieren und ganz schnell vergessen, dass sie mit ihnen einen tödlichen Krieg geführt und blutig gegen sie gekämpft haben. Werden sie alles vergessen. Alles! Die internationalen Wirtschaftsbosse stecken alle unter einer Decke. Kannst du mir glauben. Die sitzen bald mit den tüchtigen Deutschen an einem Tisch und machen ihren Reibach am Wiederaufbau. Als ob gar nichts gewesen wär!« Der Zittermann lachte, bis ihn ein Hustenanfall überkam.

Ich hasste ihn in diesem Augenblick. Wie konnte er so gemein reden? Wollten wir alle denn jetzt etwas anderes als Frieden und Freiheit und ein bisschen Wohlstand? So hatte mein Vater das gesagt. Ich war so wütend auf den Zittermann, dass ich ihn fragte: »Sind Sie überhaupt ein Deutscher?«

Die Frage schien ihn zu belustigen, aber er gab keine Antwort.

Ich war richtig in Fahrt. »Man behauptet, Sie seien ein Kommunist!« Peng, da hatte ich es ihm richtig gegeben.

»So?« Er lächelte noch immer. »Musst nicht alles glauben, was so geredet wird.« Dann schien er sich selber zu fragen. »Ein Kommunist? Nein, bin ich nicht.«

»Ein Jude! Sind Sie ein Jude?«

Er war plötzlich ganz ruhig, sogar das Zittern setzte für Sekunden aus. Ich bin sicher, dass er mich längst vergessen hatte, als er dann mit veränderter Stimme sagte: »Ich habe gesehen, wie die Deutschen den Juden Jesus ermordet haben. Seitdem gibt es ihn nicht mehr.« Der Zittermann setzte seinen Trümmerspaziergang fort.

Ich begriff damals nicht, wie töricht meine Fragen waren, und seine Antwort verstand ich erst recht nicht. Ich lief nach Hause. Meine Mutter hatte irgendwo Kohlrabi und etwas Butterschmalz aufgetrieben. An diesem Abend hatten wir beinahe satt zu essen. Ich schlief spät ein, weil ich an den Selbstmörder denken musste. Das Sirren der Fliegen verfolgte mich bis in den Schlaf.

4 Die Mutproben

Der siebte Schwarzfußindianer erschien am frühen Morgen des ersten Ferientages. Wir saßen in der Höhe unseres Pueblos, wo es um diese Zeit schön luftig war, und zerbröselten die neuesten Kippenbestände, weil wir wieder einen Besuch bei Hennes Austenkämper vorhatten, da hörten wir knirschende Schritte im Schutt unter uns.

Köttel Schraa peilte durch die Schießscharte. »Ein Feind

nähert sich! Sieht aus wie ein Junge. Scheint unbewaffnet zu sein.«

Wir hielten die Luft an.

»Ich weiß, dass ihr da seid!«, rief der fremde Junge. »Lasst mir die Leiter runter, ich will mit euch reden!«

»Du hast wohl nen Stich!«, antwortete Kalla höhnisch. »Wir lassen doch nicht jedem Fiffi die Leiter runter. Kann gut sein, dass du ein Spion der Ulmenhofbanditen bist. Zieh Leine! Du hast hier nix verloren, kapiert? Oder brauchst du erst ne Abreibung?«

Er ging einfach nicht weg. Vor uns habe er keine Angst, rief er und gab sich Mühe, seine Piepsstimme ein wenig rau klingen zu lassen, und er müsse ganz furchtbar dringend mit uns sprechen.

Natürlich ließen wir ihn nicht so einfach unser Geheimversteck sehen, und falls er ein Spion war, brauchte er ja auch nicht zu wissen, wie viele wir waren. Darum schickten wir Kalla und Pidder als Verhandlungsdelegation nach unten. Wir anderen konnten jedes Wort hören, was geredet wurde, und durch die Fugen im Mäuerchen konnten wir den Neuen auch genau beobachten.

Schmales Brillengesicht, Segelfliegerohren, glattes braunes Haar, das in die Stirn hing, Bleylebluse im Matrosenschnitt, Lederhose, die von einem großen Bruder zu stammen schien, nackte Füße in Sandalen aus Autoreifen. Ich fand, dass er reichlich zerbrechlich aussah. Wie ein Indianer wirkte er jedenfalls nicht. Trotzdem musste ich zugeben, dass er mir gefiel. Und dass er es gewagt hatte, unsere Jagdgründe zu betreten, das sprach für seinen Mut.

»Der hat ja noch die Eierschalen hinter den Ohren«, wisperte Hotta mir zu, »typisches Muttersöhnchen. Am liebsten würd ich ihm auf den Kopf pinkeln. Soll ich?«

Ich zeigte Hotta nen Vogel.

Inzwischen standen Kalla und Pidder vor dem fremden Jungen. Sie betrachteten ihn eine Weile, dann tastete Pidder ihn nach Waffen ab, aber außer einer Käserinde förderte er aus den Lederhosentaschen nichts zutage.

»Wie heißt ihr?«, fragte der Junge.

»Schnauze!«, sagte Kalla. »Hier stellen wir die Fragen. Name?«

»Nardo.«

»Spinnst du? Das ist doch kein Name!« Kalla wieherte los. »Du willst doch nicht in echt behaupten, du heißt Nardo.«

Der Junge nickte tapfer. »Es ist eben ein seltener Name. Und ich kann's euch auch sofort sagen, weil ihr's ja doch rauskriegt. Ich heiß Nardo Maria Niedergesäß. Ich kann ja nichts dafür!« Und jetzt noch tapferer: »Wenn du wieder lachst, schmier ich dir eine!«

Der Junge musste wahnsinnig sein, denn Kalla konnte so einen wie ihn mit einem Schlag aus dem Anzug boxen. Kalla war aber so verblüfft, dass er nur den Mund aufsperrte.

Pidder wiederholte langsam: »Nardo Maria Niedergesäß. Schlimmer geht es nicht. Ich würd mich umtaufen lassen.«

Dann sagte Kalla: »Maria? Ein Schicksenname?«

»Wegen der Gnadenmutter von Hardenberg«, lächelte der Junge, und das war noch immer tapfer. »Als meine Mutter mich noch im Bauch hatte, da hat sie ne Wallfahrt nach Hardenberg gemacht und der Gottesmutter vor dem Gnadenbild so 'ne Art Gelübde geleistet. Wenn das Kind gesund auf die Welt käm, dann würd es den Namen Maria kriegen.«

Pidder kicherte: »Bist du denn sicher, dass du gesund auf die Welt gekommen bist? Oder habt ihr keinen Spiegel zu Hause?«

Der Junge ballte die Fäuste.

Häuptling Sitzender Bulle befahl Ruhe. »Kloppen könnt ihr euch hinterher. Jetzt will ich von dir erst mal wissen, was du von uns willst. Du hast behauptet, du musst dringend mit uns reden. Ich höre.«

»Ich will bei euch mitmachen!«

Junge, der ging ja ganz schön ran. Einerseits empörte es mich, dass irgend so ein Hergelaufener die Frechheit besaß, zu unserer verschworenen Gemeinschaft gehören zu wollen, andererseits imponierte es mir, wie er das einfach ohne langes Drumrumreden forderte. Allen Schwarzfüßen hatte es zunächst einmal die Sprache verschlagen.

Hotta flüsterte mir ins Ohr: »Auf so einen Tünnes haben wir auch grad noch gewartet. Der soll sich wieder in die Büsche schlagen.«

Unten sagte Kalla: »Von wem weißt du denn überhaupt, dass es uns gibt?«

»Unsere Nachbarn haben das gesagt. Die haben ein Mädchen. Von der weiß ich, dass eure Bande in dieser Gegend die Nummer eins ist. Und da möcht ich gern mitmachen in eurer Bande. Ich wohn erst seit zwei Tagen hier. Wir sind aus Tuttlingen zugezogen, da haben wir während der letzten Kriegsjahre gewohnt, waren evakuiert. Aber weil mein Vater …«

Kalla unterbrach ihn mit einer unwirschen Handbewegung. »Nun quatsch mal keine Operetten! Wie heißen denn eure Nachbarn?«

»Gremme.«

Großer Manitu! Dann wohnte der Neue im gleichen Haus wie die X-Bein-Gremme! Das gab mir einen Stich quer durch die Brust. Neben mir raunte Hotta. Ich konnte nicht verstehen, was er da meckerte. Aber ohne Zweifel fand er das auch ungerecht, dass dieses Würstchen mit den abstehenden Ohren Tür an Tür mit der X-Bein-Gremme wohnte. Womit, zum Teufel, hatte der Knilch das verdient? Andererseits konnte ich über das Marienkind Nardo vielleicht ein bisschen häufiger mit dem mandeläugigen Mädchen in Kontakt kommen, wenn man sich dann zufällig traf, wobei man gewissen Zufällen ja nachhelfen konnte. Ich fand es also gar nicht mehr so abwegig, dass der Neue ein Mitglied unserer Bande würde. Das sagte ich Hotta allerdings nicht.

Kalla fragte: »Haben die Nachbarn dir denn auch verraten, dass man bei uns ne gefährliche Mutprobe bestehen muss, wenn man aufgenommen werden will? Wir nehmen nämlich keine Feiglinge.«

»Ich bin kein Feigling!«, schrie Nardo schrill. »Wer behauptet, dass ich ein Feigling wär, der kriegt eins in die Fresse.«

»Blas dich mal nicht so auf!«, höhnte Pidder, unser zweiter Abgesandter. »Das wird sich ja alles zeigen, das mit Feigling und so. Wovor hast du denn am meisten Schiss?«

»Am meisten? Was soll das heißen?« Nardo überlegte eine Weile, weil er Pidders Frage wohl nicht einzuordnen wusste. Dann stopfte er die Fäuste in die Taschen der übergroßen Lederhose und erklärte trotzig, bloß vor dem Teufel habe er Angst. Aber er fügte so leise, dass wir andern oben im Pueblo es kaum verstehen konnten, noch hinzu: »Ich war mal verschüttet. Mit meiner Mutter. Wir wurden aber aus den Trümmern gerettet. Die andern Leute, die mit uns im Luftschutzkeller waren, die sind aber alle zerquetscht worden. Das wollt ich euch auch noch sagen.«

Kalla hielt erst einmal den Mund. Pidder auch. Wir verstanden alle, was der Neue uns damit sagen wollte. Andere Ängste waren da noch, schlimmere vielleicht als die vor dem Teufel. Wir kannten genug Leute, die unter stürzenden Häusern begraben worden waren und eigentlich schon einmal tot gewesen waren. Der Geigenspieler Kwiatkowski hatte dabei die Sprache verloren, Horstis Tante hielt sich seitdem für ihre eigene Tochter.

Wir erfuhren später, dass Nardo in Höhlen und engen Räumen die Nerven verlor und dass er schrie, wenn ihn die panische Furcht überkam, eingeschlossen zu werden und nicht mehr atmen zu können.

»Was ist jetzt?«, wollte Nardo wissen.

»Die Sache muss im Rat des Stammes behandelt werden«, sagte Kalla, »denn das ist alles nicht so einfach, wie du dir das vorstellst. Ich bin zwar der Häuptling, aber allein kann ich das nicht entscheiden.«

»Stamm?« Nardo schaute an der Leiter hoch zu unserem Versteck, als könnte er dort etwas entdecken, was seine Frage beantwortete. »Ich denk, ihr seid ne Bande?«

»Schwarzfüße«, knurrte Pidder, »wir sind die Schwarzfüße.«

Kalla fetzte sich mit einer betont wilden Bewegung die Haare aus der Stirn. »Pass auf, du musst noch was wissen, bevor du dich vielleicht auf ne Mutprobe einlässt. Wir verschwinden bald von hier. Wir hauen ab in den Wilden Westen. Wenn du dieses Geheimnis irgendjemandem verrätst, dann beziehst du die Prügel deines Lebens, dann würdest du wünschen, deine Mutter wär nie nach Hardenberg gepilgert, das kann ich dir flüstern. Als Erstes kriegst du dann die Ohren abgeschnitten.«

»Da gibt's noch andere Körperteile zum Abschneiden!«, warnte Pidder und ließ blitzschnell sein Messer aufschnappen. »Dass wir uns nur ja verstanden haben!«

»Ich verrate nichts«, versprach Nardo. »Großes Ehrenwort!«

»Und du würdest mit uns auswandern wollen? Übers Meer und so und in die Rocky Mountains?« Kalla kratzte sich mit seinem Taschenmesser den Dreck unter den Fingernägeln weg und zielte dann mit der Messerspitze auf den Neuen. Das wirkte stark.

»Ich glaub schon«, stieß Nardo hervor und warf den Kopf in den Nacken. Er war noch immer ausgesprochen tapfer, er stellte keine überflüssigen Fragen, und er war anscheinend durch nichts zu verblüffen.

»Wir müssen uns nur noch Fahrräder beschaffen für den ersten Teil der großen Reise«, erklärte Pidder. »Das schaffen wir natürlich leicht. Und dann wär der Tag gekommen. Überleg es dir gut! Noch kannst du einen Rückzieher machen.«

Nardo Maria Niedergesäß nickte. Ich konnte es nicht ändern: Er gefiel mir, und das hatte erst in zweiter Linie mit der X-Bein-Gremme zu tun. Die hellen Augen hinter den runden Brillengläsern, die spitze Nase, der dünne Körper in der großen Hose: lustig alles, gewiss, aber ganz und gar nicht lächerlich.

»Wir werden jetzt deinen Aufnahmeantrag beraten«, sagte Kalla, »aber entschieden ist natürlich noch nichts. Wenn du genau um drei Uhr wieder an dieser Stelle erscheinst und dreimal wie ein Kojote heulst, dann wirst du erfahren, ob wir dich für würdig halten, eine Mutprobe zu versuchen. Geh jetzt! Der Häuptling hat gesprochen.«

»Er heißt Sitzender Bulle«, erklärte Pidder, »und ich bin Rollender Donner. Die andern Krieger lernst du noch kennen, falls du dich traust, wieder hier zu erscheinen. Howgh!«

Nardo hüpfte auf seinen Autoreifensandalen über die Schuttbrocken davon und schaute sich nicht um. Erst als er die Straße erreicht hatte, hielt er sich die Hände wie einen Trichter vor den Mund und rief: »Ich hab übrigens ein Fahrrad! Mit Ballonreifen und Felgenbremse. Damit ihr das schon mal wisst!« Dann verschwand er hinter der Holunderhecke am Ende der Straße.

»Ich schätze, der kommt wieder!«, rief Köttel Schraa durch die Schießscharte nach unten. »Bissken spillerig ist der Flappmann ja, aber er scheint was auf der Pfanne zu haben.«

»Ich bin dagegen, dass wir den Döskopp aufnehmen!«, schrie Hotta. »Wenn einer schon Maria heißt! Ich könnt mir denken, dass er am Ende doch ein Spion der Ulmenhofbanditen ist. Und diese Ohren!«

Kalla hob Ruhe gebietend die Hand. »Halt die Fresse, Hotta! Du kannst gleich im Stammesrat deine Stimme erheben. Horsti, entzünde eine Kippe, damit wir den heiligen Rauch in die vier Winde blasen können, bevor wir die Sache in allen Einzelheiten überprüfen.« Kalla stieg die Leiter nach oben.

»Wartet noch!«, rief Pidder und verschwand hinter einem Mauerrest. »Ich muss erst ne Stange Wasser wegstellen!«

Anschließend rauchten wir erst einmal schweigend. Das

heißt, so ein paar kleine Hustenanfälle von dem anscheinend selbst gepflanzten Kraut gehörten auch dazu. Von Virginiazigaretten und Orientkippen husteten wir kaum. Die Tabakdose für Hennes Austenkämper war übrigens schon halb voll. Und wir waren uns ziemlich schnell einig, dass wir Nardo einer Mutprobe würdig erachteten. Nur Hotta stimmte dagegen.

Ach ja, die Mutproben!

Wir hatten selbstverständlich alle unsere Mutproben abgelegt, um uns gegenseitig zu beweisen, was für tolle Hechte wir waren. Da hatte keiner mit der Wimper gezuckt. Mechtild, unsere Krankenschwester, hatte uns zwar für plemplem erklärt und behauptet, im Urwald komme es auf ganz andere Arten von Tapferkeit an, doch wir nahmen damals an, dass sie uns insgeheim bewunderte. Und nicht nur sie!

Regenwürmer schlucken, sich eine Glatze schneiden lassen, mit nacktem Hintern durch Brennnesselfelder rennen, Hakenkreuze auf englische Soldatenautos schmieren, gebratene Frösche essen oder Passanten die Einkaufstasche klauen, alten Omas vor allem: Zu solch schwachsinnigen Mutproben waren vielleicht die Banditen vom Ulmenhof fähig oder die Stenze von der Emmawiese. Bei uns musste man schon andere Mutbeweise liefern, um einer von uns sein zu dürfen.

Hotta zum Beispiel hangelte an einem Kabel von der Rüttenscheider Brücke zum Tender eines rangierenden Güterzuges hinunter, füllte eine Aschetonne mit Anthrazitkohle, ließ erst die Beute und dann sich wieder nach oben ziehen und überstand es mannhaft, dass der Heizer, der ihn dann doch noch bemerkte, mit der breiten Schaufel so schwer am Hintern traf, dass Hotta eine Woche lang weder gehen noch stehen noch sitzen konnte und in Bauchlage schlafen musste. Für die geklauten Kohlen handelten wir Fischkonserven, Cornedbeef und Milchpulver ein und ernährten damit unsere Familien glatte zwei Tage. Das war doch was!

Und was Horsti betrifft, der schlüpfte in einen leeren Quäker-Speisen-Behälter, in dem er nur ganz wenig Luft bekam, und ließ sich auf den Lastwagen hieven, der die Metallfässer abtransportierte. Dass er von den Milchsuppenresten völlig eingekleistert wurde, das machte dem Horsti nichts aus, doch sein Pech war, dass er nicht, wie wir uns das ausgedacht hatten, in der Großküche landete, sondern in einer halbautomatischen Waschanlage der britischen Rheinarmee. Natürlich hätte dem Horsti eine gründliche Reinigung an sich gut getan, doch der harte Strahl der Spritzdüsen hätte ihn fast erstickt. Die Nacht über musste er klatschnass in einer Gefängniszelle zittern, weil das Wachpersonal ihn für einen Dieb hielt, dabei war Horsti ja nur ein verhinderter Dieb. Zum Abschied haute ihm ein Sergeant eine Ohrfeige und steckte ihm eine Packung Salzkekse zu.

Die gewaltigste Mutprobe legte Kalla ab. Er stieg durch das Fledermausloch in die kleine Kapelle beim Zechengelände ein, wo dann und wann ein toter Bergmann von Langenbram aufgebahrt wurde, und schnitt einer Leiche ein Stück vom Schnurrbart ab. Und das bei Nacht! Diese Haare, die ein sichtbares Zeichen seines Mutes darstellten, trug Kalla stets wie einen erbeuteten Skalp in einer Streichholzschachtel mit sich. Die Tat sprach sich herum. Der Kaplan der Notkirche fing Kalla nach der Messe ab und beschimpfte ihn wüst. Das sei pietätlos gewesen. Wir sahen das aber anders. Pietätlos fanden wir es, dass so viele Leute hungern mussten, dass im Krieg so viele Menschen getötet worden waren und dass die Überlebenden in einer kaputten Stadt hausten. Und da sollte es pietätlos sein, wenn der Kalla einem Toten ein paar Schnurrbarthaare abschnitt? Wir fanden Kallas Tat also absolut nicht pietätlos, sondern enorm mutig. Kalla fragte den Kaplan dann auch: »Pietät? Was ist das? Kann man das essen?«

Pidder kletterte am Schornstein der Färberei Himmelreich hoch und machte oben ein weißes Tuch fest, auf das hatten wir mit Holzkohle geschrieben: »Ihr Schweine habt die russischen Zwangsarbeiter verseucht!« Köttel Schraa musste von der Karnaper Kanalbrücke springen, obwohl er nicht schwimmen konnte, aber wir warfen ihm einen Autoschlauch als Rettungsring zu.

Ich bin im Morgengrauen durch das stinkige Abflussrohr ins Gelände der Druckerei Girardet eingedrungen, um eine Schreibmaschine zu organisieren, weil Fettauge Marquart uns dafür einen kaum gebrauchten Fußball eintauschen wollte. Dass ich dann aber ein Warnsignal auslöste, als ich von unten den Gullydeckel anhob, konnte ich vorher nicht wissen. Die Mutprobe hatte ich dennoch bestanden.

»Für Nardo Maria müssen wir uns was ganz Besonderes ausdenken«, sagte Köttel Schraa, »was Extraschweres. Was es noch nie gegeben hat!«

»Er muss was klauen, was mindestens ein Fahrrad wert ist«, meinte Horsti.

Pidder nickte eifrig. »Gold oder so!«

Plötzlich schoss mir eine Idee in den Kopf.

»Kirchenraub!«

Kalla pustete die Luft aus den Backen und starrte mich bewundernd an. »Mann, Schorsch, das wär was! Aber wird man da nicht ex…, äh, exkommi… Ich mein, dann fliegt man doch aus der Kirche raus, oder?«

Köttel Schraa wusste das Wort. »Exkommuniziert! Jau, das wird man dann, wenn man Kirchenraub begangen hat. Von so 'ner Sünde kann einen nur ein Erzbischof persönlich freisprechen. Ne Pilgerreise mit nackten Füßen kann der dafür verlangen.«

Kalla war begeistert. »Diese Mutprobe ist eines zukünftigen Schwarzfußindianers würdig. Alles klar, die nehmen wir. Kirchenraub. Die Sache ist geritzt.«

Die Sache war aber nicht geritzt!

Pünktlich um drei Uhr heulte Nardo dreimal wie ein Kojote, wobei das auch durchaus das Hupen eines Nebelhorns sein konnte. Kalla beugte sich über die Balustrade und forderte den Mutprobenbewerber auf, die Leiter zu besteigen und zu uns heraufzukommen. Freudig erregt hüpfte Nardo die Sprossen hoch und wischte sich mit dem Matrosenhemdsärmel das verschwitzte Gesicht ab. Er glühte geradezu vor Eifer, Tatendrang und Entschlossenheit. Köttel Schraa reichte ihm die Flasche mit dem Lakritzwasser, damit er sich ein bisschen erfrischen konnte.

Nardo trank gierig, dann fragte er: »Wie habt ihr entschieden? Kann ich eine Mutprobe machen?« Die hellen Augen hinter den Brillengläsern waren zunächst auf den Häuptling gerichtet, doch dann huschte Nardos Blick von Hotta zu Horsti, dann zu mir und zu Köttel Schraa. Wir waren ihm ja noch fremd.

»Kannst es wohl nicht abwarten, wie?« Kalla erhob sich aus dem Schneidersitz und verkündete unsere Entscheidung. »Du bist für würdig befunden worden, eine Mutprobe abzulegen. Wenn du sie bestehst, darfst du in den Stamm der Schwarzfüße eintreten. Wenn du sie nicht bestehst … Na ja. Du wirst einen Kirchenraub ausführen. Silberner Kerzenleuchter, also, in dieser Art hatten wir uns die Beute vorgestellt. Kann auch was anderes sein. Wichtig ist der Tauschwert. Noch Fragen?«

Nardo Maria Niedergesäß brach geradezu vor unseren Augen zusammen. In diesem Moment hätte ich ihn am liebsten in den Arm genommen. Um seinen Mund herum zuckte es wie im Krampf, die Zähne klapperten hörbar, seine Knie schienen sich in Pudding zu verwandeln. Er weinte zwar nicht, doch ich hatte den Eindruck, dass sich die Tränen bereits hinter den Augäpfeln stauten. Dann endlich hatte er die Sprache wieder gefunden.

»Ihr seid gemein! Ihr nutzt es aus, dass ich Angst vor dem Teufel hab. Auf der Religion eines Menschen darf man nicht rumtrampeln. Ich …« Nardo wollte noch mehr sagen, doch die Stimme kippte ihm weg, und nur noch ein seltsamer Piepston kam aus seinem Mund.

Verwirrt schauten wir anderen uns an. Was war denn in den gefahren? Angst vor dem Teufel! Tüttelkram, so ein Gequassel! Ein bisschen Kirchenraub: Was war denn schon dabei? Hatten wir denn nicht ganz andere Mutproben bestanden? Sicher, hatten wir. Andererseits, ja, andererseits war keine dabei gewesen, für die man eigens einen Erzbischof bemühen musste, und mit dem Teufel hatte auch keine zu tun gehabt, soweit ich das beurteilen konnte. Machten wir es dem Neuen vielleicht doch zu schwer? Am Ende war das wirklich gemein, was wir von ihm verlangten.

»Kirchenraub, das ist ne Todsünde«, sagte Nardo mit ganz

kleiner Stimme. »Warum denkt ihr euch nichts anderes aus? Schmerzen könnte ich ganz gut aushalten. Foltern und so. Oder ich könnte Pferdeköttel auf einen Polizisten schmeißen. Was ihr wollt: Ich mach's. Bloß, eine Todsünde, die mach ich auf gar keinen Fall.«

Hotta kniff die Augen zusammen und rümpfte die Nase. »Ich schlag mir nen Nagel ins Knie, wenn das nicht wieder was mit eurer komischen heilig machenden Gnade zu tun hat. Was ist das überhaupt?«

Das konnten wir ihm leider nicht so genau erklären und schlugen ihm vor, Mechtild danach zu fragen. Wenn die sogar in den Kaplan von der Notkirche verliebt war, musste sie solche Sachen doch wissen. Nardo wusste nur zu sagen, dass man im Falle eines jähen Todes sofort in die Hölle komme, wenn man nicht im Stande der heilig machenden Gnade sei. Wir stimmten ihm zu, Hotta wollte es trotzdem nicht glauben.

Er hatte eine neue Idee. »Mann, du kannst doch eine evangelische Kirche berauben! Klauen bei der Konkurrenz, da kriegste vielleicht sogar nen Heiligenschein verpasst. Na, was sagst du?«

Zuerst einmal sagte Nardo gar nichts, weil Hottas ungeheure Zumutung ihm so auf den Magen schlug, dass er sich an seiner großen Lederhose fest halten musste, um nicht die Fassung zu verlieren. Dann fauchte er: »Da komm ich doch in den Kirchenbann, wenn ich eine protestantische Kirche betrete. Davon kann einen nur der Papst erlösen, du Arsch! Kirchenbann ist noch schlimmer als Todsünde, dass du's weißt.«

Jetzt war Hotta sauer. »Allmählich musst du dich mal zwischen der heilig machenden Gnade und den Schwarzfüßen entscheiden. So ein Stammesrat ist nun mal keine Maiandacht. Ihr spinnt doch alle! Ich verlange: Nardo erledigt seine Mutprobe, oder er ist selber erledigt.« Hotta spritzte Lakritzwasser durch die Zähne. »Vielleicht legt der evangelische liebe Gott beim katholischen lieben Gott ein gutes Wort für den Nardo Maria mit dem Niedergesäß ein. Ich will Beute sehen!«

»Müsste er schön doof sein!«, lachte Pidder. »Für einen, der in seiner Kirche klaut, legt er doch kein gutes Wort ein. Im Gegenteil. Der Nardo hat dann bei beiden lieben Göttern verschissen. Der katholische ist wütend, weil Nardo ne evangelische Kirche betritt, und der evangelische ist wütend, weil bei ihm geklaut wird. Ich schätze, der Nardo sitzt in der Falle.« Pidder schüttelte sich vor Lachen.

Nardo konnte nicht mitlachen, er fand das nicht komisch.

Kalla fand die Situation anscheinend auch nicht komisch, und als Häuptling konnte er es auch nicht dulden, dass die Versammlung der Krieger in eine Lachnummer ausartete. Er knurrte laut. Schweigen kehrte ein. Als ich in die Gesichter der anderen schaute, erkannte ich, dass ich vermutlich der Einzige war, der dem Nardo diese Mutprobe erlassen würde, um ihm eine andere Aufgabe zu stellen. Besonders Hotta wirkte wild entschlossen, auf Kirchenraub zu bestehen. Das Schweigen wurde bedrohlicher. Nardo schwitzte schon wieder.

Es war einer von den glücklichen Zufällen, die sonst nur in Büchern vorkommen, der uns aus unserer Zwickmühle befreite. Der Erkennungspfiff ertönte. Mechtild, ganz im Krankenschwesterndress, stand unten und verlangte, dass wir ihr die Leiter runterließen, weil sie sich Köttel Schraas Nase noch einmal vornehmen wollte. Ihr schilderten wir unser Problem.

Mechtild schüttelte ihr orangerotes Haar und beschimpfte uns als Banausen. Mit den religiösen Gefühlen eines Menschen dürfe man nicht spaßen, das stehe bereits in der Charta des Internationalen Roten Kreuzes, und selbst Mormonen verdienten Respekt. Außerdem gebe es nach ihrer Kenntnis nur einen lieben Gott, der vor allem katholisch, aber auch ein bisschen evangelisch sei. Sie werde sich aber beim Kaplan genauestens nach der theologischen Sachlage erkundigen. »Bis dahin müsst ihr die bekloppte Mutprobe wohl zurückstellen, ihr Tünnesse!« Dann wandte sich die Krankenschwester Köttel Schraas Nase zu.

Die Sache verlief im Sand, weil wichtige Ereignisse unsere gesamte Energie beanspruchten. Nardo hat niemals eine Mutprobe abgelegt, trotzdem nahmen wir ihn in den Stamm auf. Er wurde der siebte Schwarzfußindianer. Und er erhielt einen Namen, der eigentlich keiner war: Der ohne Namen. Gewiss, das sollte nur sein vorläufiger Kriegername sein, bis er einen richtigen bekäme, doch es blieb dabei. Nardo hatte schon bald genug Gelegenheit, seine Tapferkeit zu beweisen.

5 Das Abenteuer

Die falsche Oma saß wie immer in der Ofenecke und ribbelte eine Wollsocke auf. Ulla, die Klassenüberspringerin, hing am Küchentisch über ihren Schulbüchern und murmelte englische Vokabeln, weil sie auch in den Ferien wie eine Verrückte büffelte. Mein Vater, gut gelaunt, weil sich bei ihm beruflich etwas abzeichnete, wie er das nannte, kniete an der Fensterbank vor einem winzigen Rundspiegel und schnippelte in inbrünstiger Genauigkeit seine Schnurrbarthaare zurecht, hatte Schweißflecke unter den Achseln seines halbärmligen Unterhemdes und ließ wie üblich die Hosenträger baumeln. Meine Mutter, rot im Gesicht vom Wasserdampf, goss aus einem großen Kochtopf heißes Wasser in die Zinkbadewanne.

In der Badewanne hockte ich und fror, denn so ein bisschen heißes Wasser bewirkte nicht viel in dieser kühlen Brühe, auf der der Seifenschmand schwamm, weil Ulla schon vor mir im gleichen Wasser gebadet hatte. Ich wollte die Sache also rasch hinter mich bringen, doch ich druckste noch an der Mitteilung herum, die ich meinen Eltern zu machen hatte.

»Wasch dir auch die Ohren!«, forderte meine Mutter.

»Ist doch logisch«, sagte ich, »wo ich doch verreisen werde.«

»Verreisen?« Das riefen sie im Chor.

»Ja. Mit Hotta und den anderen. Wir wollen mal ne längere Wanderung unternehmen. Mit Übernachtung in ner Scheune oder so. Die andern haben schon alle von ihren Eltern die Erlaubnis gekriegt, dass ihr's wisst.«

»Unsere kriegst du aber nicht!« Meine Mutter knallte den Topf auf den Küchenherd. »Wenn andere Eltern so verantwortungslos sind – bitte! Aber Vater und ich, wir wollen uns nicht später Vorwürfe machen müssen. Übernachtung in einer Scheune! Hat man so was schon gehört? Kommt überhaupt nicht in Frage. Ü-ber-haupt nicht!«

Ulla mit dem Handtuchturban auf dem nassen Haar, Nässetropfen auf dem Nachthemd, kreischte los wie eine Sirene. »Pah! So weit kommt's noch! Und ich soll dann wohl allein beim Brotladen Schlange stehen, was? Nee, so haben wir nicht gewettet! Außerdem glaub ich das nicht, dass die andern Jungs alle dürfen. Spinner!«

Das war in der Tat ein schwacher Punkt, denn vermutlich waren die anderen Schwarzfüße zur gleichen Zeit in ähnliche Wortgefechte verwickelt, und es war noch gar nicht raus, ob wir wirklich mit dem gesamten Stamm auf die Reise gehen könnten. Doch ich war entschlossen, sozusagen bis zum letzten Blutstropfen zu kämpfen.

Die Oma mischte sich ein. »Heilige Dreifaltigkeit! Was sind das für gottlose Zeiten, dass die Kinder sich über Nacht rumtreiben wollen! Was führt ihr denn im Schilde, ihr Strolche? Benedicamus, domine!«

Hah, das war prima, dass sie ihr zahnloses Maul aufriss! Meinem Vater ging diese Verwandte, die sich bei uns eingenistet hatte, längst auf die Nerven. Nun würde er zeigen, was er von solchen Einmischungen in seine Erziehungsmethoden hielt.

Und er zeigte! »Wenn man zu seinen eigenen Kindern kein Vertrauen hat, dann kann man sich doch gleich ne Kugel in den Kopf ballern. Wann soll die Wanderung denn losgehen?«

»Hans!«, schrie meine Mutter schrill und legte alle Sorge, Empörung und Überraschung in ihre Stimme. »Das ist doch nicht dein Ernst!«

Ich sagte: »Gleich morgen früh. Wir wollen mal so 'n bisschen unsere Heimat kennen lernen.«

Die Sache war gelaufen. Zwar musste ich mir noch tausend Ermahnungen und Warnungen anhören, doch die gingen mir zum einen Ohr rein und zum anderen wieder raus. Toll war vor allem, dass die anderen sechs Schwarzfußkrieger ebenfalls gewonnen hatten, und so trafen wir uns vollzählig an der

Normaluhr auf dem Klaraplatz, die keine Zeiger mehr hatte, dafür aber auf allen vier Seiten die schnörklige Vorkriegsreklame zeigte: »Esst Früchte, und ihr bleibt gesund!« Wir waren behängt mit Gepäckstücken: Kochtopf, Wolldecken, Rucksäcke, Pfadfinderaffen, Feldflaschen. Und wir hatten Essbares dabei! Rüben, Erbswurstersatz, Maisbrot, Salz, Teeblätter, Streichfett. Aber auch Hartkekse, Blockschokolade und eine Büchse mit Cheesecream, weil Horstis Mutter von völlig unbekannten Leuten aus den USA ein Carepaket bekommen hatte. Johlend zogen wir in Richtung Hauptbahnhof. Wir hatten nämlich beschlossen, den ersten Teil unserer Wanderung mit dem Zug zurückzulegen, auch wenn das, streng genommen, nicht besonders indianerhaft war. Wir nahmen es eben nicht so streng, denn wir wollten erst einmal raus aus der Stadt.

Das Dampfross war wirklich noch ein Dampfross. Horsti zeigte uns einen Weg durch ein Kellergeschoss mit eingestürzter Betondecke, über den wir die Bahnsteige erreichen konnten, denn an der Sperre, die es damals noch gab, hätten wir Fahrkarten oder mindestens Bahnsteigkarten vorzeigen müssen. Dort hockten in ihren Kabüffchen die Männer mit den Knipszangen und hatten Luchsaugen, doch wir überlisteten sie. Vier Bahnsteige waren schon wieder intakt. Wir stellten uns auf dem auf, wo ein Eilzug in Richtung Düsseldorf angezeigt wurde. Der kam dann auch unter mächtigem Getöse angedampft und hatte nicht einmal eine halbe Stunde Verspätung. Allerdings war er derart überbesetzt, dass die Hamsterfahrer mit ihren prallen Koffern und Seesäcken sogar auf den Trittbrettern hingen. Fahrten ins Oberbergische, um ein paar Nahrungsmittel zu erhamstern. Opas Trauring gegen eine Dauerwurst, ererbtes Tafelsilber gegen zwei Pfund Weizenmehl, seidene Damenwäsche gegen einen Sack Frühkartoffeln, eine Madonnenfigur gegen fünf Eier, eine Perlenkette gegen zwei Liter Milch, Perücken und Zahnbrücken gegen Blumenkohl …

»Verteilt euch!«, brüllte Kalla gegen das Stampfen der Dampflok an. »Dass mir keiner von euch Gurken flöten geht!« Er hatte einen neuen Flicken auf seiner schwarzen Manchesterhose, und auf den Kniescheiben trug er zwei saubere Pflaster, das sah richtig elegant aus.

Wir sprangen irgendwo auf und saugten uns irgendwie fest. Hotta klebte mit einer Hand am Haltegriff eines Viehwaggons und balancierte sich mit der anderen am Rucksack einer dürren Trittbrettfahrerin aus, die sich ihrerseits an der Holzkiepe eines Mützenmannes festkrallte. Ich hing mehr oder weniger frei schwebend an den Puffern eines Salonwagens mit Maschinengewehreinschusslöchern und bekam beizende Rauchwolken ins Gesicht, als sich der Zug wild pfeifend in Bewegung setzte. Über mir konnte ich Nardos Großraumlederhose erkennen.

Zum Glück fuhr der Zug langsam. Dennoch stießen Leute spitze Schreie aus, wenn sie in kleinen Kurven oder bei plötzlichen Bremsmanövern fast den Halt verloren. Ich sah den huschenden Schotter unter mir, die Rauchfetzen, die mich rhythmisch einhüllten, die Fettschmiere der Puffer und ein bisschen Himmelbläue. Von der Landschaft sah ich nichts. Als wir durch einen Tunnel ratterten, riss mir der Luftzug fast die Haut vom Gesicht. In der linken Wade kündigte sich ein Krampf an.

Vor Kettwig setzte auf einmal ein allgemeines Bremsengequietsche ein. Der Zug hielt auf freier Strecke an. War etwas kaputt? Waren dem Heizer die Kohlen ausgegangen?

»Razzia!«, schrie jemand. »Die machen eine Razzia!«

Wahrscheinlich wurde einer gesucht, den die Polizei oder die Militärbehörden in unserem Zug vermuteten. Ich entdeckte Jeeps vor uns am Bahndamm. Lautes Geschimpfe und Angstgeschrei setzten sich von Wagen zu Wagen fort. Vielleicht fürchteten manche, dass man sie filzen würde.

Dann ganz laut Kallas Stimme. »Runter! Los, runter vom Zug! Wir schlagen uns in die Büsche!«

Wir sprangen zur abschüssigen Seite hin ab, rollten mit unseren Gepäckstücken den Hang hinunter und hielten erst an, als wir die Erlen und Weiden der Uferböschung erreichten. Enten und Wasserhühner, die im seichten Schlickwasser zwischen den Schilfstauden gedöst oder gegründelt hatten, flatterten kreischend davon. Der Zug, der aus unserer Sicht nun klein wirkte wie Kinderspielzeug, fuhr wieder an. Also keine Razzia. Wahrscheinlich bloß ein Defekt. Auf jeden Fall waren wir raus aus der Stadt, und das war die Hauptsache.

»Wollen wir nicht erst mal ne Runde schwimmen?«, fragte Pidder. Er riss sich bereits Hemd und Hose vom Körper und stand splitternackt in der Sonne. Tarzanschreie, angespannte Muskeln, großes Renommiergehabe: Pidder genoss seine Nacktheit.

Wir anderen zogen uns auch ruckzuck aus.

Das Problem war Nardo. Er starrte angestrengt in die Baumwipfel. »Ihr wollt doch nicht etwa nackig ins Wasser?«

»Uns guckt schon keiner was weg!«, lachte Horsti.

»Aber, aber … Man darf doch nicht ohne Badehose …«

»Scheiße!«, schrie Hotta. »Jetzt kommt garantiert wieder

das Ströphchen von der heilig machenden Gnade! Mensch, Nardo, schneid dir den Pimmel ab, wenn er dich stört. Adam war auch nackt.«

»Aber bloß bis zum Sündenfall«, gab Nardo kleinlaut zu bedenken. Zaghaft nestelte er an seiner Lederhose. »Na ja, wenn man dabei an nichts Schlechtes denkt, dann ist es vielleicht auch nicht so schlimm.«

»Hast Recht, du Frosch!« Köttel Schraa spreizte die Beine, um sich richtig darstellen zu können. »An was Schlechtes darfst du nicht denken. Denk an was Schönes! An Weiberpopos!« Er freute sich königlich über Nardos bestürztes Gesicht.

Nardo stand dann da in der Unterhose. Ja, er hatte wirklich eine richtige Unterhose an, und mit der ging er auch ins Wasser. Wir Spötter hielten den Atem an, als wir sahen, mit welch mächtigen Kraulzügen Nardo davonschoss und schon bald das tiefe Wasser der Ruhr erreicht hatte. Bei solchen Schwimmkünsten durfte er getrost eine Unterhose tragen. Wir Nackten wateten dann auch ins Wasser. Köttel Schraa hing an einer Leine zwischen Kalla und Pidder und versuchte sich im Hundepaddeln, auf jeden Fall gelang es ihm, sich halbwegs über Wasser zu halten.

Die sanfte Strömung des Flusses zog uns mit sich. Am liebsten hätte ich laut gejubelt vor Lust. Ich fühlte mich unendlich wohl, tauchte zum Grund hinunter, griff nach Unterwasserfarnen und hangelte an den Schlauchstängeln der Wasserrosen hinauf und hinunter und fühlte dabei, wie mein Herz hämmerte. Lange hatte ich mich nicht mehr so gespürt: mein Blut, meine Lungen, meine Sehnen. Dann fuhr ich von unten mit dem Kopf gegen Köttel Schraas Bauch. Der Hundepaddler schluckte Wasser und hustete heftig, als ich ihn an den Haaren zum Ufer zog.

Als er wieder sprechen konnte, keifte er: »Schorsch, eines Tages … eines Tages polier ich dir die Fresse. Aber mit Schmackes! Das war ein glatter Mordversuch.«

»Aber klar!«, rief ich. »Nächstes Mal versuch ich's mit Gift!«

Köttel Schraa bewarf mich mit Schlamm. Die andern hatten Spaß an diesem Schauspiel. Sie lagen im Gras und räkelten sich vor Behagen. Allerdings hatten uns die Mücken und Bremsen inzwischen entdeckt. Nardo, der zum anderen Ufer geschwommen war, kehrte mit ruhigen, weit ausholenden Kraulschlägen zurück.

Und dann geschah etwas Erstaunliches. Als Nardo auf die Wiese gewatet war, zog er sich die nasse Unterhose vom Leib und setzte sich als Nackter zu uns Nackten. Keiner sagte etwas dazu.

Hotta und Nardo bastelten später aus einer dünnen Leine und einem Stückchen Draht eine Angelschnur. Sie spießten einen Wurm auf und legten sich auf einem über das Wasser ragenden Espenast auf die Lauer, doch so sehr sie ihr Gerät auch durch die Fischschwärme zogen: Da biss keiner an. Fast drei Stunden versuchten sie es hartnäckig und geduldig, während wir anderen die Erbswurstsuppe kochten, doch dann wechselten sie den Köder und quetschten eine zappelnde Hummel auf den Haken – und dann hatten sie Glück. Ein Fisch, den Kalla für einen zwergwüchsigen Hecht hielt, Nardo aber für einen groß gewachsenen Stichling, biss an. Die Angler schleuderten ihn ans Ufer, und nach zehn Minuten entdeckten wir ihn dann auch im Gras, er hatte sich nämlich vom

Haken gelöst. Kalla köpfte den Fisch und nahm ihn aus. Wir garten ihn über der Glut und bestreuten ihn mit Salz. Jeder bekam ein Stück, das ungefähr so groß war wie ein Stecknadelköpfchen. Es schmeckte herrlich. Anschließend löffelten wir die Suppe, die nur ganz wenig klumpig war, und aßen Maisbrot dazu.

Derart gestärkt kletterten wir den Hang hoch, überquerten die Schienen und strebten dem Wald zu, der sich den Hügel hinauf erstreckte und bis zum Horizont reichte und weiter und weiter … *Indianerland*!

Trunken von süßen Waldmeister- und Kieferndüften schlichen wir im Gänsemarsch zwischen Brombeerdickichten und Adlerfarnen dahin. Wir umarmten Rotbuchen und dachten dabei: Häj, Buche, wir sind gekommen! Wir pressten die Hände gegen Eichenstämme und spürten das Holz wachsen. Lange drückten wir die Gesichter ins Moos und saugten den Geruch der Erde in uns hinein. Ja, wir waren unserem Wilden Westen schon sehr nah. Längst nahmen wir die Fährten der Grisli-Bären wahr, erschnupperten die Ausdünstungen der Luchse und Wölfe, hörten die Schreie der Adler hoch über den Baumwipfeln. Im Fichtengehölz schnaubten Büffel.

Auf einer Lichtung fanden wir einige wilde Erdbeeren, die schmeckten würzig und mild zugleich. Köttel Schraa zupfte ein paar Beeren ab, die keiner von uns kannte und die grellrot leuchteten. Er erklärte sie für essbar und verspeiste auch eine Hand voll. Dass er anschließend fürchterlich kotzte, das hielt er für eine Spätfolge des geschluckten Ruhrwassers, wofür er
 mir die Schuld gab. An den merkwürdigen Beeren konnte es nach seiner Meinung gewiss nicht liegen. Sein Magen beruhigte sich dann auch bald wieder. Als Horsti Blockschokolade

verteilte, hielt Köttel Schraa wacker mit. Am Nachmittag rasteten wir unter Birken und ließen uns von den Eichelhähern beschimpfen. Wir schauten Ameisenvölkern und dicken Käfern bei der Arbeit zu. Ja, wir schauten und staunten und fühlten uns gut. Schwarzfüße beim Training: Die Reise über den Großen Teich lockte. Uns fehlten nur noch die Fahrräder.

»Auf, ihr müden Krieger!«, befahl Häuptling Sitzender Bulle.

Wir rafften unsere Sachen und wanderten weiter. Den Kamm des Waldhügels erreichten wir bald. Es störte uns, dass wir einen asphaltierten Weg kreuzen mussten. Wieso gab es hier solch einen Weg? Der störte das Bild erheblich.

Doch dann tauchten wir in düstere Nadelgehölze ein, wanden uns durch Wollgrasfelder, krochen in Ginsterdickichte hinein und wateten durch moorige Bäche, die von gelbstrotzenden Sumpfdotterblumen gesäumt waren. Die Bilder stimmten wieder.

»Ein Mustang!«, rief Hotta plötzlich.

Wir hatten den südlichen Waldrand erreicht und schauten über satte Wiesen und reife Kornfelder. Weit weg lag ein kleines Gehöft, daneben glänzte ein Teich. Aber natürlich fesselte das hellbraune Pferd mit dem weißen Kranzhaar und dem weißen Schweif unsere Blicke. Es graste auf einer Koppel. Dann entdeckten wir auch das Fohlen, das im Schatten der Wallhecke döste.

»Astrein!« Kalla schnalzte mit der Zunge.

Als wir uns dem Gatter näherten, erhob sich das kastanienfarbene Fohlen ungelenk auf die Stelzenbeine und führte verrückte Sprünge vor. Die Stute betrachtete uns aufmerksam und köttelte ausgiebig.

Wahrscheinlich hatten wir alle die gleiche Idee, doch Kalla pochte auf sein Vorrecht als Häuptling und versuchte es als Erster. Irgendetwas machte er aber falsch, denn beim ersten Anlauf prallte er voll gegen den Pferdeleib, beim zweiten Anlauf hatte er so viel Schwung, dass er über den Rücken der Stute rutschte und auf der anderen Seite in der Pferdescheiße landete, und zwar mit dem Gesicht.

»Häuptling Köttelfresser!« Pidder hatte seinen Spaß. »Wir nennen den Kalla jetzt Häuptling Köttelfresser!«

Kalla raunzte ihn böse an und machte einen dritten Versuch. Diesmal klappte es, weil Nardo ihm die Hände wie einen Steigbügel hinhielt. Stolz reckte der kühne Reiter die Faust zum Himmel.

»Wenn das hier jetzt die Prärie wär!«, flüsterte Horsti fast andächtig. Er forderte Kalla gestenreich auf, nun endlich loszureiten und nicht nur Reiterdenkmal zu spielen.

»Hoh, du feuriger Mustang!«, schrie Kalla. »Galopp!«

Der Mustang war aber offenbar nicht besonders feurig. Er schnaubte nur unwillig, schüttelte die Mähne und bewegte sich nicht von der Stelle. Da konnte Kalla hampeln und tätscheln, da konnten wir anderen brüllen und schmeicheln: Das Pferd wollte nicht laufen. Dafür drehte das Fohlen jetzt voll auf und raste fröhlich wiehernd durch das umzäunte Karree. Zweifellos forderte es Aufmerksamkeit.

Weil wir immer noch nicht reagierten, half der Nachwuchsmustang wirksam nach. Mit vollem Tempo raste er von hinten gegen Köttel Schraa, und der wurde von der Wucht gegen die Flanke der Stute geschleudert – und nun kam Fahrt in die Dame. Sie stieg hoch, bockte, keilte nach allen Seiten aus und prustete grollend. Dann trabte sie hurtig los. Zu diesem

Zeitpunkt war Kalla aber schon nach einem schönen Gleitflug im Gras gelandet und hatte allem Anschein nach erhebliche Orientierungsschwierigkeiten.

Köttel Schraa brüllte dem sportlichen Fohlen alle Kraftausdrücke nach, die ihm einfielen, die erschreckte Stute kam allmählich zur Ruhe, Kalla renkte seine Glieder wieder ein und machte erste Gehversuche. Ich dachte: Bis wir richtig wie Indianer reiten können, müssen wir aber noch viel üben. Für einen von uns galt das allerdings nicht!

Denn nun hatte Nardo seinen großen Auftritt. Er lief entschlossen auf das Pferd zu, schwang sich geschmeidig hoch und saß dann da mit festem Schenkeldruck, als wäre dies die einfachste Sache der Welt. Und die Stute schien diesen Reiter zu mögen. Sie reagierte, als Nardo ihr die Hacken in die Weichteile drückte, und sie trabte genau in die Richtung, die er ihr durch leichte Klapse gegen die Backen wies. Uns blieb die Spucke weg. Schöner und besser konnte gewiss kein Komantsche ein ungesatteltes Pferd reiten. Nardo mit der großen Lederhose – ein Artist. Die Bewunderung nahm jedoch ein jähes Ende.

Wir waren so sehr hingerissen von Nardos Reitvorführung, dass wir die vier Männer erst wahrnahmen, als sie über das Gatter stiegen und mit Forken und Dreschflegeln auf uns losstürmten. Blanke Mordlust stand in ihren Gesichtern.

»Pferdediebe! Strolche! Gesindel!«, keifte der Anführer.

Ein Glatzköpfiger mit einem Quaderschädel, dem die Lungen pfiffen, zeterte mit Fistelstimme: »Schlagt sie tot! Macht sie fertig!«

Zum Glück hatten wir unsere Sachen am Waldrand abgelegt. Und weil wir das Flüchten gewöhnt und durchtrainierte

Wegläufer waren, stoben wir blitzschnell und ganz ohne jede Schrecksekunde in alle Richtungen davon, flankten über den Zaun, noch eh die Schläge und Stiche uns trafen, und brachen in lautes Hohngelächter aus, als wir in Sicherheit waren.

»Pferdediebe, verfluchte!«, brüllten die Bauersleute.

»Arschgeigen, verdammte!«, lachten wir zurück.

Unsere nächste Begegnung mit Haustieren verlief weniger dramatisch, doch sie endete ebenfalls ein bisschen peinlich, und wieder spielte Nardo eine Hauptrolle. Dieses Mal ging es um Kühe. Wir sahen sie auf einer Hausweide, nachdem wir eine Stunde in westlicher Richtung am Waldrand entlang gewandert waren. Die Schatten wurden schon länger. Eine dralle Frau verließ mit Handkarre, Sense und Rechen den kleinen Hof und war bald hinter der Hainbuchenhecke verschwunden.

»Jetzt dürfte die Luft rein sein«, sagte Nardo.

Wir verstanden nicht, was er damit meinte.

»Kapiert ihr nicht? Wir melken ne Kuh, dann bröseln wir Hartkeks in die Milch und kochen uns zum Abendessen so richtig prima ne Milchsuppe. Wie findet ihr das?«

»Kannst du denn melken?«, fragte Horsti zweifelnd.

Nardo verzog das Gesicht zu einem hochmütigen Grinsen. »Ist doch kickileicht.«

»Na, dann lass mal jucken!«, forderte Kalla und rieb sich die Hände. »Gegen Milchsuppe hab ich nix. Pidder, gib ihm den Pott!«

Der Melker schritt also zur Tat. Die fünf schwarzweißen Kühe schauten ihm erwartungsvoll entgegen. Nardo suchte sich eine aus, die auffallend dick war, und nahm eine Stellung ein, die Kalla als Buschkackerhaltung bezeichnete. Den Kochtopf hatte er sich zwischen die Beine geklemmt; nach kurzem Zitzenmassieren legte er mit einem so höllischen Tempo los, dass der harte Strahl nur so spritzte. Der gleich bleibende Rhythmus wies Nardo als erstklassigen Fachmelker aus. Die Kuh brummte glücklich. Dann reichte Nardo uns den Topf über den Drahtzaun.

»Mindestens fünf Liter!«, stellte Hotta staunend fest.

Nardos Brille war voller Milchspritzer. Wir verschwanden dann so schnell, wie es unsere schwappende Beute zuließ. Um die Mäher beim Weizenfeld machten wir einen weiten Bogen. Da liefen auch große Wachhunde herum, die vermutlich darauf gedrillt waren, hungrige Städter vom Getreide zu verscheuchen. An einem Bachlauf in einer Waldschneise schlugen wir unser Nachtlager auf. Horsti und ich suchten Holz zusammen und machten Feuer, Kalla bastelte aus Astgabeln ein Gestell zum Topfaufhängen, Köttel Schraa schaute ihm zu, Nardo bröckelte Keks in die Milch, Pidder rührte ununterbrochen, Hotta verteilte unsere restlichen Lebensmittelbestände auf einer Wolldecke und schnitt das Maisbrot so zurecht, dass jeder noch ein Eckchen bekam. Wir freuten uns sehr auf die köstliche Suppe.

»Ziemlich gelb, die Milch«, stellte Pidder fest.

»Wirklich gute Milch ist immer gelb«, entgegnete der Melker. Bald knisterte das Feuer. Im Topf begann es zu zischen.

»Immer rühren, damit nix anbrennt«, sagte Kalla.

Pidder rührte und rührte.

Die Gerüche, die dem Topf entwichen, gefielen mir nicht. Aus dem Zischen war Blubbern geworden. Pidder verkündete, die Suppe werde immer dicker und gelber, und er forderte eine Gasmaske.

Kalla beugte sich über den Topf. »Da stimmt was nicht!«

Nardo beschäftigte sich mit seinen dreckigen Füßen und tat so, als ginge ihn das alles gar nichts an. Doch dann gestand er plötzlich: »Ich habe einen Fehler gemacht. Ich hab die falsche Kuh gemolken.«

»Klar!«, schrie Pidder. »Das war gar keine Kuh, das war ein Bulle!«

Nardo hatte dafür nur ein müdes Lächeln übrig. »Habt ihr gesehen, dass die Kuh besonders dick war, ja? Und jetzt weiß ich's. Die ist kurz vorm Kalben. Die Milch von hochträchtigen Kühen ist für Menschen ungenießbar. Da kann man höchstens Fußböden mit bohnern. Bloß Kälber können die saufen, diese fette Brühe. Tut mir Leid, ich hab gepennt.«

»Meine Damen und Herren, Sie hörten den Vortrag unseres Landwirtschaftsexperten!« Kalla war restlos sauer. Er schrie seine ganze Verzweiflung zum Abendhimmel hinauf: »Scheiße!«

Das sagten wir dann alle.

Pidder nahm den Topf vom Feuer und verbrannte sich zu allem Elend auch noch die Finger. Ekliger Käse, Blasen schlagend und entsetzlich stinkend, schmurgelte auf dem Boden unseres Topfes, war inzwischen fast braun und nahm die Festigkeit von Vollgummireifen an.

»Den Pott können wir wegschmeißen«, sagte Pidder, »den Mist kriegen wir nie wieder raus.«

Wir vergruben den Topf dann unter einem Haselnussbusch und stellten ein kleines Kreuz auf das Grab. In Hottas Militär-

kochgeschirr brachten wir anschließend Wasser zum Sieden und brühten uns Tee auf. Wir aßen alles auf, was wir noch an Essbarem hatten. Viel war es sowieso nicht mehr. Dann legten wir uns um das Feuer und hüllten uns in die Decken ein. Der Abendwind trug angenehme Kühle heran. Der Eichenast in der Glut knackte und stöhnte. Erste Sterne flimmerten freundlich. Nardo war am Boden zerstört. Ich glaube, er hat sogar ein bisschen geheult.

»Wegen Amerika«, sagte Hotta leise, »also, wenn wir jetzt sofort abhauen könnten, das wär was.«

»Wir müssen uns aber die richtige Gegend aussuchen. Die Bergwälder ganz im Norden. Bis nach Kanada zieht sich das Gebiet der Schwarzfüße. Ich weiß es vom Zittermann.« Kalla ging in den Schneidersitz und legte sich die Decke so um die Schultern, wie man es auf Indianerbildern sehen kann. »Der hat mir was von einem Häuptling erzählt, der noch lebt und Baffelo Tscheilt Long Länz heißt. Das ist übrigens Englisch und wird ungefähr so ausgesprochen, wie ich's gesagt hab.«

»Prima Name«, sagte Horsti anerkennend. »Und wie heißt das, wenn man's ins Deutsche übersetzt? Weißte das vielleicht auch?«

Darauf hatte Kalla nur gewartet. »Logisch! Büffelkind Langspeer heißt das. Ich schätze, der Zittermann kann uns noch eine Menge über diesen Häuptling verraten. Vielleicht sogar die Adresse.«

»Wieso Adresse?«, fragte Hotta. »Wohnt der nicht in einem Zelt?«

Kalla spreizte die Finger und verdrehte die Augen, um anzuzeigen, dass sich das ja wohl von selber verstehe. »Aber wo er seine Jagdgründe hat, Planquadrat und so, das können wir vielleicht rauskriegen, damit wir nicht den gesamten Wilden Westen nach ihm absuchen müssen. Kapiert? Gutes Kartenmaterial brauchen wir auf alle Fälle.«

Wir redeten und schwärmten und träumten laut. Über Einzelheiten stritten wir, über die Haltbarkeit von Mokassins und über die Wetterfestigkeit von Hirschleder, wir wurden uns nicht einig darüber, ob im Kopfschmuck der Schwarzfüße Waschbärenschwänze oder ausschließlich Truthahnfedern eine Rolle spielten, wir entschieden uns für Vielweiberei und erkämpften uns in unseren Wortgefechten die schönsten Squaws, wir kamen zu dem Ergebnis, dass die Pumajagd mit Pfeil und Bogen viel ehrenvoller sei als die mit der Silberbüchse. Bilder von berauschender Farbigkeit entstanden in unseren Köpfen, und wir waren dem Land, für das wir bestimmt waren, sehr nah. Auf der Reise dorthin befanden wir uns sowieso schon lange.

Seltsam war es nur, dass wir den Gedanken an unsere Familien, an die Schule und an unsere Heimatstadt gar nicht mehr an uns heranließen. Mütter und Väter und Geschwister spielten in unseren Plänen nicht mehr mit. Es war so, als ob wir noch ein zweites, ein neues Leben zur Verfügung hätten, über das wir nun entschieden und das für das große Abenteuer bestimmt war, während das alte Leben in der alten Zeit weitertickte. Wir hörten die Nachtvögel klagen und scheues Getier durch das Unterholz schleichen. Der dünne Mond schimmerte blass im Dunst, das Sternbild der Großen Bärin schien uns den Weg nach Westen zu zeigen, die Glut unseres Feuers leuchtete auf in den leisen Windstößen.

»Ich übernehm die erste Wache«, sagte Nardo. Er hatte sich einen Schlafanzug übergestreift, bewaffnet war er mit einem armdicken Knüppel von der Länge einer Bohnenstange.

»Ist geritzt«, sagte Kalla. »Als Nächster ist dann Pidder dran und dann weiter in der Reihenfolge, wie wir liegen. Jeder ne Stunde. Siehste ja am Stand der Sterne, wenn ne Stunde vorbei ist.«

»Klar«, antwortete Nardo, »seh ich am Stand der Sterne.«

Restlos müde und mit dem Geruch von Waldboden und Eichenfeuer in der Nase sank ich zurück und fiel auf der Stelle in tiefen Schlaf. Nein, keine Träume mehr, nur wohliges Entspannen. Doch der Schlummer dauerte nicht lange, eine Viertelstunde höchstens. Dann wurden wir von Nardos gellendem Warnschrei hochgerissen.

»Hunde!«, schrie Nardo. »Riesige Hunde!«

Sie standen über uns am Waldrand, keine zwanzig Meter entfernt, und stießen heisere Knurrlaute aus. Es waren zwei Tiere, groß und gefährlich, und sie schienen sich auf den Angriff vorzubereiten.

»Mörderhunde!«, heulte Köttel Schraa auf. »Das sind Mörderhunde!«

»Rettet euch auf die Bäume!«, schrie der Häuptling.

Nardo in der wabbelnden Nachthose schwang seine Waffe. »Beeilt euch! Ich geb euch Rückendeckung!« Das wirkte wirklich enorm tapfer, wie er den langen Knüppel als Turnierlanze anlegte und gegen die Hunde richtete. Wir hätten ihm vielleicht doch einen Kriegernamen geben sollen.

Die Hunde, schwarze Silhouetten vor dem Sternenhimmel, schauten sprungbereit und aufmerksam zu, wie wir auf die Beine kamen, zu den Birken hetzten und in panischer Hast zu klettern begannen. Schlaftrunken, fahrig vor Angst, einander wie die Bekloppten behindernd. Aber wir schafften es, wir erreichten die oberen Äste.

»Nardo! Jetzt du!«, schrie Horsti. »Komm hierher!« Er hatte sich mit den Beinen an einer Astgabel festgehakt und schwang kopfüber wie ein Kletteraffe hin und her. »Spring hoch!«

Außer Atem kam Nardo gehetzt, er warf den Knüppel hin und sprang, um Horstis Hände zu erreichen. Beim vierten Anlauf schaffte er es auch, doch als Horsti ihn ächzend und mit Kallas Hilfe hochzog, verlor er seine Schlafanzughose.

»Meine Hose!« Er wollte tatsächlich wieder runter.

»Scheiß auf die Hose!« Horsti ließ nicht los. »Rette dein Leben!«

Die Hunde standen starr wie Standbilder. Dann, als wir uns an Ästen und Zweigen festgeklammert hatten und die verschrammten Arme und Beine abtasteten, kamen sie langsam näher und legten sich unter den Birken ins Gras. Das Geknurre war in heftiges Hecheln übergegangen.

»Die sind schlau«, flüsterte Hotta, »die warten einfach, bis wir wie die reifen Pflaumen runterknallen. Dann fressen sie uns auf.«

»Die haben ja Zeit«, sagte Pidder mit einer Stimme, die ganz fremd klang. »Ob … ob wir um Hilfe rufen sollen?«

»Hier hört uns keine Sau«, meinte Kalla. »Ich schätze, das sind verwilderte Hunde. Oder die Bauern haben sie als Menschenfresser dressiert. Jedenfalls sind die Viecher tödlich, das kann ich euch flüstern. Wer runterfällt, der ist hin.«

Ich hatte den Eindruck, dass sämtliche Riesenhundesorten in diese Tiere hineingekreuzt waren: Doggen, Schäferhunde, Bernhardiner, Rottweiler, Neufundländer. Hotta behauptete, wahrscheinlich seien auch Kaffernbüffel und Nashörner unter den Vorfahren dieser Monster.

Wir durften nicht einschlafen, das war klar. Darum versuchten wir es mit Singen. Zuerst brüllten wir wieder und wieder sämtliche Strophen des Liedes von den wilden Gesellen und schmetterten den Kehrreim bestimmt hundert Mal in die Nacht hinaus. »Uns geht die Sonne nicht unter!« Allmählich stellten sich aber Schluckbeschwerden ein, und darum regelten wir es so, dass immer nur einer sang, um die anderen wach zu halten, und dann vom Nächsten abgelöst wurde. So überstanden wir die lange Nacht.

Die beiden Hunde hörten uns aufmerksam zu.

Bin ich dann doch eingeschlafen? Ich schreckte auf, als ich den Freudenschrei hörte. »Sie sind weg!« Meine Muskeln waren verspannt, die Gelenke schmerzten, verkrampft klebte ich am Birkenstamm und hatte Borkenstücke im Mund. Als ich in die verquollenen Gesichter der anderen schaute, konnte ich mir vorstellen, wie ich selber aussah.

»Sie sind weg!«, schrie Kalla noch einmal.

Zu sehen waren die Hunde nicht. Es war schon so hell, dass wir bis zum Waldrand schauen konnten. Konnte es sein, dass sie sich nur versteckt hatten, um uns in die Falle zu locken? Kalla erklärte, es sei eindeutig Häuptlingssache, die Lage auszukundschaften. Er rutschte am Baumstamm hinunter, brachte mit allerlei Turnübungen seine Gliedmaßen wieder an die richtigen Stellen und stieß dann Lockrufe und Schmeichellaute aus, jederzeit natürlich fluchtbereit. Die Hunde waren tatsächlich verschwunden.

Wir wuschen uns im Bach und tranken kühles Wasser. Zu essen hatten wir nichts mehr. Dann schnürten wir unsere Sachen zusammen und machten uns auf den Weg nach Norden. Schon nach zwei, drei Kilometern kamen wir an ein Haus, das eine Mischung aus Landgaststätte und Bauernkotten war. Es wirkte leicht vergammelt.

»Wir fragen, ob wir was arbeiten können«, entschied Kalla. »Bauern brauchen immer Hilfskräfte. Bis Mittag malochen wir auf dem Feld, und statt Zaster lassen wir uns was zu futtern geben.«

In diesem Augenblick schossen zwei große Hunde um die Hausecke, die kamen uns sehr bekannt vor. Dem einen hingen die Reste von Nardos Schlafanzughose aus dem Rachen. Doch bevor wir zu Salzsäulen erstarren konnten, erkannten wir, dass die beiden freudig mit den Schweifen wedelten und sich von uns kraulen lassen wollten. Plötzlich war mir irgendwie zum Heulen.

Die Menschen waren dann nicht so freundlich. Die Tür flog auf. Eine muskulöse Frau in viel zu engem Blümchenkleid blaffte uns an, wir sollten schleunigst verschwinden, weil dies Privatgelände sei.

»Wir wollten mal anfragen, ob wir bei Ihnen nicht so 'n bissken Arbeit kriegen können«, sagte Kalla. »Wir haben nämlich Hunger.«

»Schert euch zum Teufel!« Sie blähte sich auf, dass die Brüste fast aus dem Ausschnitt platzten. »Wird's bald?«

»Doofe Kuh!«, zischte Hotta.

Da keifte die Frau. »Hermann! Hermann! Jag mal rasch die Lümmel weg!«

Hermann war noch ziemlich jung, aber er brachte bestimmt schon zweieinhalb Zentner auf die Waage. Vermutlich war er der Sohnemann. Die Flusen unter seiner Nase zitterten, als er zu krakeelen begann. Ich konnte nur das Wort »Verbrecherpack« aus diesem Gebrabbel heraushören. Mit hochrotem Kopf zog Hermann die Axt aus dem Hauklotz. Dem war alles zuzutrauen.

Die Hunde lagen inzwischen im Schatten des Birnbaums und schauten zu, wie wir den Rückzug antraten. Wir gingen erst einmal rückwärts und ließen den Axtschwinger nicht aus den Augen. Köttel Schraa knurrte, wir sollten das Haus in Brand stecken.

Horsti sagte: »Die Bauern können uns Städter nicht leiden. Das ist der springende Punkt.«

»Dafür kann ich ab heute die Bauern nicht leiden«, sagte ich.

Hinter der Wegkurve sahen wir einen Kirschbaum, der war prall von Früchten. Tauben und Amseln hingen in den Zweigen und schlugen sich die Bäuche voll, doch wir konnten uns nicht einmal eine einzige Kirsche pflücken, weil der bescheuerte Hermann uns nachgegangen war und wutschnaubend mit seiner Axt drohte. Wenn ich jetzt doch Pfeil und Bogen gehabt hätte!

Zornig und hungrig trotteten wir weiter. In der Talsenke hatte man den Bach zu einem See gestaut, auf dem ein Entenvölkchen und zwei weiße Schwäne schwammen.

»Großer Manitu!« Köttel Schraa warf seinen Rucksack ab. »Schwanenfedern sind fast so gut wie Adlerfedern. Kriegen nur die tapfersten Indianer. Los, Männer, wir bedienen uns!« Köttel Schraa stürmte über die Wiese.

Wir hatten keine Erfahrung mit Schwänen. Köttel Schraa, der ins Wasser gewatet war, wurde von den wehrhaften Vögeln sofort als Feind angenommen. Mit gespreizten Flügeln und angriffsbereit gereckten Hälsen schossen die Schwäne auf ihn zu. Schon bei der ersten Attacke warfen sie ihren Gegner um. Köttel geriet unter Wasser.

»Komm raus!«, rief Kalla, als Köttel Schraas Kopf wieder

sichtbar wurde. »Die machen dich sonst fertig! Komm schon, Köttel!«

Der blieb aber stur. »Ich will Federn haben! Ihr müsst die Schwäne ablenken, dann komm ich von hinten. Was ist denn, ihr Flaschen?«

Was war? Hermann kam. Er verfolgte uns noch immer. Aber er hatte sich auf ein Fahrrad geschwungen, und darum wurde die Situation brenzlig.

Zunächst rannten wir mit unseren Sachen um die Wegbiegung, damit Hermann nicht sah, wo wir uns versteckten. Der klatschnasse Köttel Schraa fluchte und jammerte, weil er barfuß über den Schotterweg laufen musste. Seine Schuhe hielt er in den Händen.

»In die Röhre rein!«, rief Kalla.

Der Bach lief durch ein Betonrohr unter dem Weg durch. Hastig krochen wir in die enge Röhre hinein. Dass unsere Sachen nass wurden, mussten wir hinnehmen, es war auch nicht so wichtig. Wichtig war nur, dass wir dem brutalen Hermann nicht in die Hände fielen.

Aber jetzt wieder Nardo! »Ich kriech da nicht rein! Ich kann das nicht. Da werd ich drin verrückt. Ich war nämlich mal verschüttet.«

»Nardo, du Blödmann! Jetzt komm und …« Kalla hörte auf zu reden, denn es war bereits zu spät.

Wir hörten in unserem Versteck, wie Hermann sein Fahrrad hinwarf und wie ein Walross schnaufte. Dann lachte er glucksend und klatschte in die Hände.

»Hah, du Würstchen. Jetzt bisse dran!«

»Ich hab keine Angst vor Ihnen!«, schrie der tapfere Nardo.

Wir wollten es zuerst nicht glauben, doch dann begriffen wir es. Der rannte nicht weg, sondern stellte sich diesem Fleischberg zum Kampf. Himmel, Nardo war von allen guten Geistern verlassen! Und dann hörten wir die Schläge, hörten Nardo wimmern – und das war zu viel.

»Auf ihn!«, brüllte der Häuptling.

Wir nutzten Hermanns Überraschung aus. Wie wir da so plötzlich aus dem Rohr gewimmelt kamen, riss er Mund und Nase auf und vergaß zu schlagen. Und dann waren wir auch schon da. Der nasse Köttel Schraa wickelte sich geradezu um Hermanns Beine, und Kalla rammte dem schweren Mann mit voller Wucht den Kopf in die Magenkuhle. Hermann strauchelte und schlug hin. Pidder haute ihm mit der Faust auf die Nase.

»Mein Bein!« Hermann hielt sich mit schmerzverzerrtem Gesicht das linke Schienbein, wo Köttel Schraa ihn gebissen hatte. »Au! Mein Bein!«

»Lasst uns abhauen!«, verlangte Horsti.

Aber da lag das Fahrrad!

»Die Karre!«, keuchte Kalla. »Ich krall mir die Karre!« Er riss das Fahrrad hoch, sprang auf und radelte davon. »Bringt meine Klamotten mit!«

Wir liefen los. Hinter uns heulte und zeterte Hermann. Er wünschte uns die Pest an den Hals und schwor, dass er uns alle kaputtschlagen werde. Aber da waren wir längst in Sicherheit.

Jetzt hatten wir schon zwei Fahrräder!

Hungrig und mit müden Knochen, doch mit stolz erhobenen Köpfen kehrten wir am Abend heim in die große Stadt. Reiche Beute hatten wir gemacht.

6 Der Gelbe

An diesem dunstigen Morgen hatte ich schon früh um vier – schlaftrunken, fröstelnd und voll Argwohn – in der langen Warteschlange vor Wälkens Bäckerei gestanden und war die Nummer neunundsechzig gewesen. Weizenbrot war angekündigt gewesen, doch die Lieferung kam nicht. Ich hatte mir das schon gedacht. Mal wieder verschoben, gestohlen oder auf andere geheimnisvolle Weise umgeleitet. So etwas war ja nicht neu. Unsere Lebensmittelkarten erwiesen sich wieder und wieder als genauso überflüssig wie Kröpfe.

Ich war schon um acht Uhr beim Pueblo, um ein paar Kippen gegen den Hunger zu rauchen, doch erstaunt stellte ich fest, dass ich nicht der Erste war. Nardo hockte bereits in unserem Geheimversteck und schnitzte an einem Birnbaumast herum.

»Ich konnt nicht pennen«, sagte Nardo, »wegen meinem Vater. Der hat die ganze Nacht gehustet. Kommt von nem Lungensteckschuss.«

Aus der Ferne näherte sich Blechflötengezwitscher. Ollen Musial, der Klüngelskerl, war also auch schon unterwegs. Die Lumpen- und Schrotthändler machten gute Geschäfte, klar, nicht so tolle wie die Schieber von Fettauges Rang, sie lagen ungefähr in der Mitte zwischen den kleinen Schwarzhändlern und den großen Gaunern.

Wir hatten schon eine Menge Material an Ollen Musial verkauft, Buntmetall vor allem: Kupfer, Blei, Messing. Doch er bezahlte nur mit Geld, aber die kleinen Ersatzgeldscheine waren nichts wert, denn für Geld war nichts zu kaufen. Organisieren, kompensieren konnte man nur mit Wertgegenständen und Naturalien. Unsere Geschäftsbeziehungen zu Musial waren daher fast eingeschlafen.

»Der kommt heute aber langsam«, sagte ich.

Dann sah ich durch die Schießscharte den Grund dafür. Nicht das graue Zwergpferd zog den Wagen, sondern zwei Männer, und ein dritter schob. Musial saß wie immer auf dem Kutschbock und blies die Flöte. Als er am Zügel zog, hielten die Männer an. Sie wischten sich den Schweiß aus den Gesichtern, der Schrottwagen war trotz der frühen Stunde schon ziemlich voll beladen.

»Häj! Ist jemand von euch da?«, rief Ollen Musial. Er hatte wie stets den Beerdigungszylinder mit der Pfauenfeder auf dem Kopf. Sein Ziegenbärtchen wippte, er kaute etwas.

»Jau!«, schrie ich und hielt den Kopf über die Brüstung. »Ich bin da! Was ist denn mit dem Zossen passiert?«

Musial haute mit der Peitsche durch die Luft. »Mensch, Schorsch, stell dir die Sauerei mal vor! Irgendwelche Schweinehunde haben mir letzte Nacht die Mausi geschlachtet. Ist das zu fassen? An Ort und Stelle die besten Fleischstücke rausgeschnitten. Und das Gekröse und den Kopp und die Beine und so, das haben die Verbrecher auf'm Hof liegen gelassen. Gütiger Jesus, was für gottlose Zeiten sind das! Hätt ich die Mausi doch selber gefressen, ich Idiot, wo ich sie nächste Woche doch sowieso nicht mehr brauche. Da krieg ich nämlich mein Tempo-Dreiradauto geliefert. Ist noch prima erhalten, und Marquart besorgt mir Sprit.«

Das wunderte mich bei Ollen Musial nicht, dass der es fertig brachte, sein eigenes Pferd aufzuessen. Ich fragte ihn, was denn anliege.

»Steine, Schorsch, Steine!«

»Können Sie das mal so erklären, dass selbst ich das versteh?«

»Kann ich, Junge, kann ich. Kosidowsky will seine Schneiderei wieder aufbauen. Hat im Keller ein astreines Stofflager über den Krieg gerettet und will jetzt zuschlagen. Und nun braucht er Bausteine. Ich besorg sie ihm. Du und deine Kumpane, ihr seid doch so richtige Steineklopper, oder wie seh ich das?«

»Kommt drauf an«, sagte ich. »Was wird denn so gelöhnt? Kommen Sie mir bloß nicht mit Geld. Für Geld machen wir nicht einen einzigen müden Ziegelstein sauber, dass das mal klar ist!«

»Zehntausend sauber gekloppte Steine, fein aufgeschichtet am Straßenrand. Was wollt ihr dafür haben?«

Ich zögerte keine Sekunde. »Ein Fahrrad! Muss aber erste Ware sein.«

»Ein Fahrrad?« Musial schien irritiert. Das war richtig zu sehen, wie er nachdachte. »Also abgemacht. Ein Fahrrad.«

»Wehe, Sie hauen uns in die Pfanne! Dass wir uns blutig rächen würden, das wissen Sie ja. Ihr Dreiradauto wär zuerst dran. Das würden wir zu nem Pisspott verarbeiten.«

»Mein Ehrenwort unter Ehrenmännern!«

»Mal nicht so dicke«, sagte ich. Natürlich traute ich Ollen Musial nicht über den Weg, aber das würde er nicht wagen, uns zu bescheißen, denn er war auf Leute wie uns angewiesen, wenn er weiter in unserem Stadtteil Geschäfte machen wollte, und wenn wir seinen Schuppen in Brand steckten, dann stand er schön belämmert da. »Was ist mit nem Stück Brot als Vorleistung?«, fragte ich.

»Fick dir ins Knie!« Musial lachte fies und knallte mit der Peitsche, und so trieb er seine Pferdemänner an, den Wagen wieder in Bewegung zu setzen. Seine Blechflöte trillerte höhnisch.

»Was hat das zu bedeuten, was der grad gesagt hat?«, wollte Nardo wissen.

»Das mit dem Knie? Och, das ist so 'n Männerausdruck.« Ich hatte eindeutig Hemmungen, Nardo all unsere Ausdrücke zu erklären. Den anderen ging es auch so. Nardo, der aus dem ländlichen Tuttlingen kam, machte uns unsicher mit seiner Naivität. Er wirkte auf uns so behütet und sauber und zurückgeblieben wie ein Nachwuchsmessdiener, obwohl wir ihn inzwischen alle mochten. Ja, er gehörte richtig zu uns, musste eben nur noch eine Menge lernen.

Zehntausend Steine für ein Fahrrad. Das war eine kochend heiße Nachricht, die alle Schwarzfüße auf der Stelle erfahren mussten. Nardo und ich vereinbarten also, wer wem Bescheid gab, doch als ich sagte, zu Hotta würde ich gehen, da schlug mir das Schicksal eine schlimme Kerbe. Nardo konnte ja nicht ahnen, was er mir antat, als er erklärte, er habe Hotta schon früh um halb acht mit dem Gremme-Mädchen im Hof gesehen, wo die beiden Wäscheleinen gespannt hätten.

Hotta und die X-Bein-Gremme also! Das tat meiner Seele weh. Nach außen gab ich mich aber sehr gelassen und meinte nur, dann solle Nardo dem Wäscheleinenspanner und Pidder eben die Nachricht überbringen, während ich zu Kalla, Köttel Schraa und Horsti ginge. In meinem Schädel spielte mir die Fantasie grauenhafte Bilder vor. Ich dachte: *Wie würde sich jetzt ein richtiger Indianer verhalten?* Vom Zittermann wusste ich, wie der Name Buffalo Child Long Lance geschrieben wurde. Voll Wut und Weltschmerz ritzte ich die Buchstaben mit einem Ziegelbrocken in die Wand unseres Pueblos, bevor ich mich auf den Weg machte.

Klar, die waren alle wie elektrisiert. Wenn jeder von uns hundert Steine am Tag schaffte, dann würden wir den Auftrag in zwei Wochen erledigt haben, und dann stände Stahlross Nummer drei in unserem Stall.

Kalla, der auf dem Fahrrad des strammen Hermann akrobatische Kunststücke versuchte und uns andere nur ungern fahren ließ, fragte: »Und was ist, wenn Ollen Musial uns bescheißt?«

»Das wagt der nicht«, sagte ich, »weil der genau weiß, dass wir uns blutig rächen würden.«

Pidder nickte. »Genau! Abwürgen würden wir den.«

Ich schaute Hotta an, aber Hotta wich meinem Blick aus. Er schien plötzlich in den Schäfchenwolken etwas überaus Spannendes entdeckt zu haben. Mein Freund Hotta! Traf sich hinter meinem Rücken mit der X-Bein-Gremme. Am meisten wurmte es mich, dass er das geschafft hatte, was mir bisher nicht gelungen war: allein zu sein mit dem mandeläugigen Mädchen.

War ich mit meinem welligen Haar und der kühnen Nase denn nicht viel schöner als der Strohkopf Hotta mit seinem glibbrigen Wulst? Oder war es am Ende die Narbe, die ihn so anziehend machte?

Köttel Schraa knibbelte am verkrusteten Nasenflügel herum. »Mir gefällt was nicht an der Sache. Kosidowsky will seine bescheuerte Schneiderei aufbauen. Klar, kapier ich. Er braucht Ziegelsteine. Kapier ich auch. Wir liefern die. Kapiert jeder. Bloß, was hat Ollen Musial damit am Hut? Der kassiert mit, obwohl er bloß den Zwischenhändler spielt und selber keine Hand rührt. Dat kapier ich nicht!«

»Was der Köttel da sagt, da ist was dran. Kannze auch nicht richtig in den Kopp kriegen.« Horsti streckte die Faust zum Himmel. »Das schwör ich euch! Wenn Ollen Musial uns ne Karre vermacht für die zehntausend Steine, dann kassiert der mindestens den dreifachen Wert. Mindestens!«

»Da beißt nun mal keine Maus nen Faden ab«, stöhnte Pidder. »Wer am Hebel sitzt …«

Der Häuptling klatschte in die Hände. »Nun macht mal hopp, ihr Klüngelfötte! Kein Gequatsche. Die Maloche fängt an. Wo Conradys Möbellager war, da liegen die besten Steine. Holt euer Werkzeug, Männer! Nach Mittag geht's los.«

Ach ja, Ollen Musial! Durch ihn lernten wir die Möglichkeiten und die Fallen und Tücken der freien Marktwirtschaft kennen, das Wort Kapitalismus kam erst später dazu. Wir durchschauten das Spiel, begriffen auch, dass wir ganz unten auf der Leiter standen.

Und wir gingen an die Arbeit!

Mit Äxten, Vorschlaghämmern und Meißeln spalteten wir die dicken Trümmerbrocken, mit Beilen, scharfen Maurerhämmern und Stecheisen hauten wir den Mörtel von den Ziegelsteinen. Trümmer brechen, Steine kloppen, Stapel aufschichten: Wir arbeiteten auf eingeübte Weise Hand in Hand und kamen trotz der Hitze erstklassig weiter, weißer Mörtelstaub klebte auf der verschwitzten Haut, die Zunge schwoll an, das Lakritzwasser erfrischte kaum, die geschabten Möhren, die Mechtild uns am Nachmittag brachte, verschafften uns ein Minimum an Kalorien. Nur weiter, weiter! Der Stapel wuchs herrlich.

Eine kalte Dusche holte uns dann am nächsten Morgen aus unseren Träumen.

Köttel Schraa hatte mit seinem Meißel gerade einen dicken Steinbrocken gesprengt, da erschien ein Polizist in der neuen Schupo-Uniform auf unserem Arbeitsplatz: dunkelblaues Tuch, silbern gefärbte Knöpfe, schwarzer Tschako auf dem Kopf. Das herrische Auftreten hatte sich mit der Kriegsniederlage nicht geändert. Er brüllte herum, als gehörte ihm die ganze Stadt.

»Aufhören! Sofort aufhören! Es ist Anzeige erstattet worden. Ihr befindet euch auf Privatgelände. Ich stelle den Tatbestand der Eigentumsverletzung fest. Das ist Diebstahl, was ihr hier macht. Die Namen! Los, die Namen!«

Kalla ließ den Hammer fallen. »Heiliges Kanonenrohr! Wieso soll das denn Diebstahl sein? Trümmer sind das, nix als Trümmer. Kaputte Mauern. Wir kloppen uns da ein paar Steine raus. Schadet doch keinem!«

»Diese Trümmer haben einen Eigentümer. Keine Widerrede. Die gesäuberten Steine werden konfisziert. Und jetzt die Namen! Aber mal hoppla, sonst mach ich euch Beine!« Er zog einen Kopierstift und einen Block aus der Brusttasche. »Du fängst an!« Der Schupo zeigte mit dem Stift auf Horsti.

Wir rasselten einfach die Namen runter, die uns einfielen.

Horsti: »Max Schmeling.«

Kalla: »Fritz Szepan.«

Ich: »Willy Birgel.«

Nardo: »Josef von Arimathäa.«

Hotta: »Hans Albers.«

Pidder: »Rollender Donner.«

Köttel Schraa: »Josef Stalin.«

Der Polizist steckte den Stift weg. »Ach so, ihr haltet das für einen Witz! Dann wollen wir mal andere Saiten aufziehen. Ihr werdet jetzt alle verhaftet und arretiert. Und dann lass ich eure Erziehungsberechtigten antanzen. So jung noch und schon kriminell! Aber das wird ein Nachspiel haben, ihr Früchtchen, das kann ich euch flüstern. Stellt euch nebeneinander auf, aber flott.«

»Wissen Sie, wat Sie mich mal können?«, lachte Kalla. »Aber ganz tief unten, wo die Fürze wachsen!«

Dann rannten wir los in die Häuserruinen hinein, wo kein Polizist der Welt auch nur den Hauch einer Chance hatte, uns zu erwischen. Hier kannten wir uns aus, hier wussten wir gefährliche Fluchtwege, auf denen uns kein Erwachsener folgen konnte, hier waren wir uneinholbar wie Tarzan im Dschungel. Und wir lachten uns den Schock aus den Gliedern, obwohl wir wussten, dass die Arbeit für die Katz war und unser schöner Ziegelsteinhaufen zum Teufel. Der Schupo rief Befehle hinter uns her.

Wir standen auf einem Hinterhausbalkon, der jede Sekunde abbrechen konnte, und schrien im Chor: »Arsch-loch! Arsch-loch! Arsch-loch in Uni-form!« Wir bewarfen ihn auch mit Spalierlatten, doch die Entfernung war zu groß.

Der Polizist nahm den Tschako ab und wischte sich mit dem Uniformärmel die Stirn. Und da erkannte ich ihn.

Der Gelbe!

Es gab überhaupt keinen Zweifel, dass das der Mann mit den gelben Haaren war, dem ich schon einmal begegnet war. Jahre war das her. Da war ich noch ein Winzling gewesen, ein Dreiradfahrer, ein Dummkopf, und er hatte meine Unwissenheit böse ausgenutzt und mich zum Verräter gemacht. Und jetzt stand der Schweinehund da unten und trug eine Polizistenuniform und war nicht im Knast, in den er doch eigentlich gehörte.

Ich spürte, wie sich Mordgedanken in meinem Kopf sammelten. Warum besaß ich kein MG, mit dem ich ihn erledigen konnte, damit er endlich ausgelöscht wurde in meiner Erinnerung! Meine Lippen wurden ganz hart, ich konnte nicht mehr mit den anderen schreien. Ich konnte nur noch denken: Warum ist der nicht tot?

»Äj, Schorsch, siehst du Gespenster?«, fragte Hotta besorgt.

Ich schüttelte den Kopf. Doch ich sah da ein Gespenst.

Wie lange war das her? War ich damals vier Jahre alt gewesen? Wahrscheinlich. Lesen konnte ich noch nicht, schreiben erst recht nicht. Dreiradfahrerzeit. Die Zeit, wo ich die Hitlerjungen beneidete, weil die schon so groß waren und Uniformen tragen durften, während ich eine schlabbrige Gamaschenhose anhatte und ein albernes Mäntelchen mit weißem Kragen. Die Bilder der Erinnerung waren schlagartig wieder da.

Sie sangen: »Fort mit Juden und Verrätern, Freiheit oder Tod!« Vorn die Fahne mit der Siegrune, dann die geflammten Trommeln, dann die Fanfaren. Der Fähnleinführer marschierte neben dem Zug und schrie Kommandos. So einer zu sein! Ich fuhr auf dem Dreirad hinterher und strampelte mir die Seele aus dem Leib, um den Anschluss nicht zu verlieren. Ja, fort mit Juden und Verrätern! Ja, Freiheit oder Tod! Die Halstücher waren durch Lederknoten gezogen, ein Schulterriemen lief quer über das braune Hemd, am Koppel Brotbeutel und Feldflasche. Dolche!

Und erst die schwarzen Winteruniformen! Singend bog der Zug um die Brassertstraßenecke und verschwand. Ich lauschte noch lange dem Rhythmus des festen Marschtritts, den Trommeln und Fanfaren und dem jauchzenden Gesang sehnsuchtsvoll nach.

Und ich staunte die Plakate auf den Litfaßsäulen an. Da reckten sehnige Männer blitzende Schwerter vor aufgehenden Sonnen, da schlangen vollbrüstige Frauen nackte Arme um goldene Korngarben. Da klebten aber auch die anderen Plakate, die so schön gruselig waren. Eine grünliche Fratze mit Hakennase und dünnem Kinnbart. Geld raffende Spinnenfinger. Unterm runden schwarzen Käppchen quollen Ringellocken vor. Der Verräter! Ulla, die schon lesen konnte, las es uns Dreiradfahrern vor: »Der Jude ist der Weltfeind Nummer eins!« Dass Verräter gemeine Schweine waren, wussten wir alle. Darum warfen wir Lehmklumpen und Pferdeköttel und Matsche gegen das Verräterbild, bis von dem Weltfeind Nummer eins nichts mehr zu sehen war. Fort mit Juden und Verrätern, Freiheit oder Tod!

Dass es nicht nur den grausligen Juden vom Plakat gab, sondern noch viele andere, die gar nicht grauslig aussahen, sondern wie richtige Menschen, überforderte das Begriffsvermögen von uns Dreiradfahrern. Sollten das etwa Verräter sein? Und wieso waren die schönen gelben Stoffsterne keine Orden? Wir waren damals hingerissen von Uniformen und Orden, aber die schönen gelben Stoffsterne waren keine Orden, und die freundlichen grauen Leute, die die gelben Stoffsterne angenäht hatten an ihre Jacken und Mäntel, waren: der Jude, der Verräter, der Weltfeind Nummer eins. Nein, die Bilder stimmten nicht mehr. Ich war verwirrt und fragte meine Mutter zitternd vor Ungewissheit, doch sie verweigerte die Auskunft.

War dann auch Frau Baumbeer ein Verräter? An einem Morgen stand die mit ihrer Einkaufstasche unten im Hausflur, als ich am Geländer runterrutschte, weil ich zum Spielen wollte.

Entsetzt starrte ich Frau Baumbeer an, denn sie hatte mit einer Sicherheitsnadel einen gelben Stoffstern an ihrem dunkelroten Krusselmantel festgemacht. Ich wollte sie fragen: Bist du ein Verräter? Aber ich brachte kein Wort heraus. Frau Baumbeer strich mir übers Haar und holte ein Stück Würfelzucker aus ihrer Einkaufstasche. Ich grapschte den Zucker und rannte schnell weg. Dann versteckte ich mich in Göhrs Anstreicherwerkstatt und heulte, weil ich so furchtbar erschrocken war.

Die kleine Frau Baumbeer mit dem dunklen Schnurrbartschatten auf der Oberlippe, die freundliche Frau Baumbeer, die uns immer Würfelzucker und Radieschen zusteckte. Sie wohnte in der ersten Etage und hatte Tierbilder an den Wänden, und bei ihr duftete es immer nach Gebackenem. Aber jetzt nahmen die Kinder nichts mehr von der Verräterin an, sondern liefen schnell weg, wenn sie mit ihrer Einkaufstasche die Straße raufkam.

Ich wusste genau, dass Frau Baumbeer kein Verräter und kein Weltfeind Nummer eins war, trotzdem fürchtete ich mich, wenn ich sie sah. Manchmal, wirklich nur manchmal, kam sie scheu zu meiner Mutter in die Küche, und ich wurde zum Spielen geschickt. Bisweilen fing ich Wörter auf, die ich nicht verstand und darum wieder vergaß. Verstehen konnte ich jedoch dies: dass Frau Baumbeer schlimme Angst vor irgendetwas hatte und dass meine Mutter versuchte, ihr diese Angst auszureden.

Es kam auch vor, dass sie sich im Bäckerladen von Hupmann trafen. Und wenn dann Frau Hupmann und Frau Baumbeer und meine Mutter allein waren, flüsterten sie die gleichen Wörter, die Frau Baumbeer und meine Mutter in der Küche flüsterten, und wenn dann andere Leute die Ladentür aufmachten, redeten sie schnell von Roggenmischbrot und Grießmehlkuchen und Regenwetter.

Ich vermutete damals, dass die drei Frauen einen Plan schmiedeten, der vor allem Frau Baumbeer anging. Der Anbau zum Hof raus mit der Backstube und dem Mehllager schien eine Rolle zu spielen.

An einem Mittag verließ Frau Baumbeer mit einem großen braunen und einem kleinen schwarzen Koffer ganz schnell das Haus. Meine Mutter stand an der Haustür und winkte, dass die Luft rein sei.

Die beiden Männer gefielen mir sehr, die eines Tages zuschauten, als ich mit meinem Dreirad in der Einfahrt von Göhr ein Rennen gegen alle anderen Rennautos der Welt fuhr und mit großem Vorsprung vor Caracciola gewann. Die Männer hatten beinahe solche Gesichter wie die Schwerterschwinger auf den Plakaten. Sie trugen beide helle Mäntel mit breiten Gürteln und klatschten Beifall, als ich die Ziellinie als Sieger erreichte.

»Toller Fahrer!«, lobte der braunhaarige Mann. »Sicher wohnst du doch hier im Haus, ja?«

Ich merkte, dass ich rot wurde, und nickte.

Da fragte der gelbhaarige Mann: »Hat der große Rennfahrer auch einen Namen?«

»Ich heiße Georg. Man kann aber auch Schorsch zu mir sagen.«

Der gelbhaarige Mann lachte laut. »Das ist ja kaum zu glauben! Weißt du, wie mein Junge heißt?«

»Weiß ich nicht.«

»Der heißt auch Schorsch! Genau wie du. Den solltest du mal kennen lernen, der ist nämlich auch ein erstklassiger Dreiradfahrer. Ich wette, ihr würdet bestimmt richtig gute Freunde. Sag mal, was willst du denn werden, wenn du noch größer bist?«

»Messdiener«, sagte ich, »Messdiener und Hitlerjunge.«

»Hitlerjunge! Das will mein Sohn auch werden. Aber erst musst du mal zur Schule gehen, und dann kannst du beim Jungvolk eintreten und …«

»Weiß ich doch. Erst mach ich beim Jungvolk Dienst. Ich will Fähnleinführer werden oder Trommler.«

»Richtig«, sagte der braunhaarige Mann, »erst zur Schule, dann Trommler beim Jungvolk, dann zur HJ. Weißt du, wer Baldur von Schirach ist?«

Das wusste ich nicht und schämte mich.

»Musst du dir merken, den Namen«, sagte der gelbhaarige Mann. »Baldur von Schirach ist der Jugendführer des Deutschen Reiches. Der oberste HJler. Er ist unserem Führer und Reichskanzler Adolf Hitler direkt unterstellt. Die Führung der Hitler-Jugend ist eine oberste Reichsbehörde. Na, was sagst du dazu, Schorsch?«

Ich sagte gar nichts dazu, weil ich kein Wort verstand, und musste auf einmal ganz dringend pinkeln, weil ich Angst hatte. Die beiden Männer schauten sich an. Sie hatten mich überfordert und mussten das wieder in Ordnung bringen.

Der Gelbhaarige ging in die Knie und grinste mich verschwörerisch an. »Und wenn du ganz groß bist, was willst du dann werden? Mal ehrlich.«

»Panzerfahrer«, sagte ich. »Es rasseln die Ketten, es dröhnt der Motor, Panzer rollen in Afrika vor.«

»Großartig!« Der Gelbhaarige klatschte in die Hände. »Panzerfahrer in Afrika gegen die Tommys.«

Der andere Mann schüttelte den Kopf. »Geht nicht. Der Schorsch kann leider nicht Panzerfahrer werden.«

»Warum denn nicht?«, fragte der Gelbhaarige empört.

»Weil Panzerfahrer ganz besonders gute Augen haben müssen. Der Schorsch hat aber keine guten Augen.«

»Hab ich wohl!«, schrie ich.

»Wirklich?« Der braunhaarige Mann schaute mich zweifelnd an. »Du hast ja nicht mal gesehen, wohin die Frau Baumbeer gegangen ist.«

Ich überlegte angestrengt. Dass sie eilig aus dem Haus gelaufen war mit ihren Koffern, das hatte ich genau gesehen. Aber wohin? Die Emmastraße rauf oder runter? In die Brassertstraße rein? Zur Rüttenscheider Straße hoch? Nein, ich wusste es nicht und schämte mich noch mehr.

»Siehst du!« Der Braunhaarige rieb bedauernd die Hände. »Du hast nicht mal gesehen, wohin die Frau Baumbeer gegangen ist. Wie willst du da ein Panzerfahrer werden?«

Der Gelbhaarige widersprach. Er schien auf meiner Seite zu stehen. »Aber bestimmt weiß der Schorsch, wohin die Frau Baumbeer gegangen sein könnte. Der Schorsch ist doch kein Doofmann. Der weiß doch ganz bestimmt, wen die Frau Baumbeer besonders gut kennt, wen sie so besucht, mit wem sie manchmal redet.« Er schaute mir fest in die Augen. »Und ob du Panzerfahrer werden kannst! Sag schon, Kamerad, wo könnte die Frau Baumbeer denn jetzt sein? Wenn du das weißt, dann kannst du auch ein Hitlerjunge und dann ein Panzerfahrer werden.«

»Messdiener auch?«, fragte ich.

»Sicher doch. Messdiener, Hitlerjunge, Panzerfahrer. Aber du musst es auch wirklich sagen, wo die Frau Baumbeer sein könnte. Sonst darfst du nicht mal zum Jungvolk.«

Ich dachte so sehr nach, dass es mir wehtat hinter den Augen.

Wo könnte die Frau Baumbeer sein? Wen kennt die Frau Baumbeer denn besonders gut? Wen besucht die Frau Baumbeer denn? Mit wem redet die Frau Baumbeer? Dann fiel es mir plötzlich ein. »Hupmann-Pupmann!«

»Hupmann-Pupmann?« Der Gelbhaarige lachte. »Das klingt aber lustig. Sag, Kamerad, was bedeutet das? Ist das ein Geheimwort? Mir kannst du's verraten, ich sag es keinem weiter. Großes Hitlerjungenehrenwort!«

Wieso sollte das ein Geheimwort sein? Ich musste lachen. »Hupmann-Pupmann, das ist der Bäckerladen auf der Rüttenscheider Straße! Und jetzt kann ich wohl Panzerfahrer werden, ätsch!«

Der Mann mit den gelben Haaren zog seinen Mantelgürtel so eng, dass es aussah, als wollte er sich in der Mitte durchschneiden. »Und ob du Panzerfahrer werden kannst! Du wirst einer der besten. Heil Hitler, du Panzerfahrer!«

Dann hatten es die beiden Männer sehr eilig. Von Frau Baumbeer hat niemand wieder etwas gehört oder gesehen. Ich verstand das alles erst Jahre später.

Ich wollte dann kein Panzerfahrer mehr werden.

Und jetzt stand der Gelbe auf einmal da unten und hatte eine neue blaue Polizeiuniform an und einen Tschako auf den gelben Haaren und stellte schon wieder Leuten nach. Ich konnte es nicht fassen.

»Alte Ratte!«, schrie ich, dass mir die Stimme fast überschnappte. »Gottverdammte Nazisau!« Ich fühlte, wie die Pisse an meinen Beinen runterlief. Es war entsetzlich, den Gelbhaarigen da unten stehen zu sehen. Ich gab mir alle Mühe, die Erinnerung an Frau Baumbeer zu verdrängen, doch es ging nicht.

Der Gelbe rief: »Ich krieg euch alle! Da könnt ihr Gift drauf nehmen! Jetzt wird Verstärkung angefordert. Wir durchkämmen das ganze Viertel. Euch kriminelles Gesocks krieg ich! Die Hammelbeine werd ich euch lang ziehen. Und eure Eltern sind auch dran!« Er stampfte eilig davon.

»Besser, wir hauen erst mal ab«, sagte Kalla. »Der macht ernst. Die Sorte kenn ich.«

Ich dachte: Die Sorte kenne ich auch.

»Jeder verdünnisiert sich. Untertauchen, klar? Vor morgen Abend sollten wir uns besser nicht treffen. Und Schnauze halten. Auch zu Hause.« Kalla hangelte am Regenrohr hinunter und verschwand über die Mauer zum Nachbargrundstück.

Die Schwarzfüße stoben in alle Richtungen davon.

Ich wartete am Abend lange auf den Zittermann, weil ich unbedingt mit jemandem reden musste über den Gelbhaarigen, der damals bei der Geheimen Staatspolizei Juden verfolgt hatte und nun schon wieder ein Polizist war. Ich kam einfach nicht klar damit.

Der Zittermann hörte mir zu und lächelte müde. »Ach, Schorsch, so was wundert mich nicht. Lernst du auch noch, dass man Leute wie den in jeder Behörde gut brauchen kann. Die Staatsform spielt keine Rolle. Gestern Gestapo, heute Schutzmann, na und? Könnte auch umgekehrt sein. Typen wie der haben kein Gewissen, die tun einfach ihre Pflicht. Basta. Die gehorchen blind, die können nicht selber denken. Wollen sie auch nicht. Deutliche Befehle brauchen die, und dann funktionieren sie in jedem System. Bild dir bloß nicht ein, Schorsch, dass so einer Schuldgefühle hätte wegen seiner Vergangenheit. Außerdem hat man ihn ja auch hübsch entnazifiziert.«

»Entnazifiziert?« Ich begriff nur die Hälfte.

»Ganz einfach, Schorsch. Da kommt einer von der Militärbehörde und knöpft sich den ehemaligen Gestapo-Mann vor. Er sagt: Hören Sie mal zu, guter Mann! Euer Hitler ist tot. Ihr Nazis habt den Krieg verloren, und jetzt haben wir das Sagen, kapiert? Aber so einen tüchtigen, gehorsamen Kerl wie Sie können wir prima gebrauchen, damit wieder Ordnung einkehrt. Natürlich müssen wir Sie vorher entnazifizieren. Sie dürfen ab heute kein Rassist und kein Imperialist und kein Faschist und kein Nationalsozialist mehr sein, das verstehen Sie doch, ja? Wir stecken Sie jetzt für zwei Wochen ins Gefängnis, und wenn Sie rauskommen aus dem Knast, dann sind Sie kein Nazi mehr und bekommen eine nette Uniform und sorgen wieder für Ordnung. – Das begreifst du doch alles, nicht wahr, Schorsch?«

»Nein.«

»Ich begreife es auch nicht«, sagte der Zittermann leise und ließ mich einfach stehen. Ich hörte ihn noch eine Weile seine Selbstgespräche brabbeln, konnte aber nicht erkennen, ob er dabei kicherte oder schluchzte.

Viel später, es war schon dunkel, kam Hotta zu uns nach Hause und brachte einen Weißkohl und zwei Birnen. Er hatte beim Springen Glück gehabt.

Mit Hotta war ich auch am nächsten Nachmittag zusammen, als wir dem Boxer Ditsche von den Ulmenhofbanditen begegneten. Das war an der Mondscheinwiese, wo die Engländer ihre Schießübungen veranstalteten und wo Hotta und ich vergeblich »Wi häff hanger!«, gerufen hatten. Plötzlich sprang Ditsche aus dem Gebüsch und ließ seine Muckis spielen. Sein Schattengeboxe war nicht neu, auch nicht das alberne Zähnefletschen.

Neu war, dass Ditsche zwei Halbaffen bei sich hatte, die schon lange Hosen trugen. Ich dachte: Die sind mindestens fünfzehn! Der eine konnte sich garantiert schon rasieren, der andere, der sich irgendetwas Fettiges ins sandfarbene Haar geschmiert hatte, hielt mir die rechte Hand vor die Nase, damit ich seinen Totenkopf-Schlagring auch schön aus der Nähe bewundern konnte. Solche Hirsche machten also jetzt bei den Ulmenhofbanditen mit!

Boxer Ditsche haute sich – rechts, links, rechts, links – die Fäuste in die Handflächen. »Ei, wer kommt denn da? Zwei kleine Bettnässer! Wat is, wollt ihr ne Abreibung?«

»Angeber!«, sagte Hotta. »Als ob wir vor dir dat Hemd am Flattern kriegen! Und den Zechenberg erobern wir uns sowieso zurück.«

»Hört euch den Giftzwerg an!« Ditsche gluckste.

»Den Zechenberg«, sagte der, der sich schon rasieren konnte, »den Zechenberg könnt ihr euch in die Fott stecken. So 'n Pipikram interessiert uns nicht. Da könnt ihr ab jetzt jeden Tag mit euern Eimerchen und euern Schüppchen im

Sand spielen, Bettnässer, wat ihr seid! Aber eins könnt ihr euch hinter die Löffel schreiben ...«

»Jau!«, lachte der Fetthaarige und spuckte mir einen gelben Rotz vor die Füße. »Eins könnt ihr euch hinter die Löffel schreiben! Wenn wir einen von euch Heringen dabei erwischen, datt er mit Marquart und Musial und so Metallgeschäfte abwickelt, dann ziehn wir dem dat Fell über die Ohren. Ritschratsch, wie nem Karnickel. Da kennen wir nix. Kapiert? Wir übernehmen den Markt. In der ganzen Gegend hier. Und wenn uns einer von euch Sandkastenbubis in die Quere kommt ...«

»... dann knacken wir dem die Nüsse!« Boxer Ditsche trommelte wie ein Gorilla auf seiner Brust herum. »Könnt ihr auch den andern Bettnässern erzählen. Dat is die letzte Warnung, datt dat man klar is!«

»Mir schlottern sämtliche Gebeine«, sagte Hotta.

»Solche Witzfiguren wie euch raucht meine Oma immer in der Pfeife, und außerdem ...« Weiter kam ich nicht, weil mir der mit den Bartflusen unter der Nase die Handfläche zwischen die Schulterblätter knallte, dass ich fast meine Lungen aus dem Hals hustete.

»Hasse dich erkältet?«, lachte Boxer Ditsche.

Die drei Ulmenhofbanditen verzogen sich pfeifend. Hotta zitterte vor Wut. Ich auch. Das war nicht mehr unser Gegner von gestern, da hatte sich etwas gewaltig geändert. Und wie! Das mussten wir schnell den anderen sagen.

7 Das Gewitter

Die falsche Oma sang Marienlieder, meine Mutter hörte Ulla englische Vokabeln ab, mein Vater war, sozusagen auf Hochglanz poliert, neuen beruflichen Möglichkeiten entgegengeeilt. Ich ging zu Nardo, um ein bisschen auf seinem Fahrrad zu üben, weil ich mich ja austrainiert auf die große Reise machen wollte. Außerdem konnte es ja gut sein, dass ich der X-Bein-Gremme begegnete. Statt Muckefuck-Kaffee aus gerösteten Roggenkörnern hatten wir zum Frühstück Wasser getrunken, weil bei unserem kleinen Elektrokocher die Heizdrähte durchgeschmort waren und meine Mutter nicht wegen des Kaffeewassers den Küchenherd anheizen wollte. Es war so schwül, dass man die feuchte Hitze geradezu anfassen konnte.

Nardo kniete unten im Treppeneingang des dreistöckigen Hauses und versuchte, die Riemen seiner Autoreifensandalen zu reparieren. Seine Brillengläser waren so verschmiert, dass sie in der Morgensonne wie Kathedralenfenster funkelten. Er freute sich, dass ich ihn besuchte.

Ich fragte: »Kannste nicht so 'n bissken deine Karre rausholen? Ich würd ganz gern mal die eine oder andere Runde um den Häuserblock drehen.«

»Geht schlecht, Schorsch. Vater Gremme hat mich gefragt, ob ich seiner Tochter helfen könnte, so 'n paar lange Gardinenstangen zu Verwandten nach Werden zu bringen. Jetzt gleich. Tut mir Leid, aber ich hab Ja gesagt.«

Ich hatte eine Glückssträhne!

»Hör mal verdammt gut zu, Nardo! Du hast jetzt unheimlich schlimme Bauchschmerzen, klar? Mit Dünnschiss und

Kotzen und Fieberanfällen. Deine Knie sind ganz wabbelig. Sehstörungen haste auch. Du kannst unmöglich jetzt nach Werden klabastern. Du bist viel zu schlapp dazu.«

»Stimmt doch gar nicht! Bin ich nicht!«

»Aber wenn ich's dir doch sage!«

»Kapier ich nicht, Schorsch. Warum denn?«

Ich machte ein Gesicht wie ein Spion und Geheimagent und flüsterte: »In unserer Bande stellt man keine überflüssigen Fragen. Indianer sind sowieso schweigsam. Haben wir uns verstanden?«

»Das Mädchen kann doch nicht allein durch den Wald bis nach Werden gehen! Und die schweren Stangen. Außerdem hab ich's doch versprochen. Nein, nein, die kann das nicht allein machen!«

Ich zwinkerte Nardo zu. »Nein, das kann sie wirklich nicht. Sie wird den besten Begleiter haben, den man sich nur vorstellen kann. Nämlich den Singenden Pfeil.«

»Wer ist das denn?«

»Ich«, sagte ich. »Ich werde für meinen Blutsbruder einspringen.«

»Wer ist das denn?«

»Du«, sagte ich.

Dass ich ihn Blutsbruder nannte, das schien ihm zu gefallen. Allmählich dämmerte es ihm auch, was der Sinn der Sache war. Nardos Gesundheitszustand veränderte sich sichtbar, Magenzuckungen und Gesichtsverfärbungen stellten sich ein, der Junge gehörte eindeutig ins Bett. Auf keinen Fall konnte man ihm den langen Marsch nach Werden zumuten. Das fand Vater Gremme auch, als er mit einem Bündel langer Gardinenstangen aus dem Haus kam. Ratlos schaute er erst von seiner Tochter zu Nardo und dann wieder zurück zu seiner Tochter.

Ich weiß nicht mehr, ob ich mir von Vater Gremme ein Bild gemacht hatte. Vermutlich nicht. Dennoch war ich enttäuscht, als ich ihn nun zum ersten Mal sah. Im Gegensatz zu seiner rassigen Tochter wirkte er belanglos und grau. Fahles schütteres Haar, wässrige Augen, bleiche Haut, dünnlippiger Mund – und trotz seiner Länge wirkte er unscheinbar.

Die X-Bein-Gremme trug einen grünlichen Rock, der anscheinend aus einer Wolldecke geschneidert worden war, und eine weiße Bluse. Mit ihren schlanken Beinen machte sie merkwürdig hackende Schritte und wiegte dabei den Oberkörper jeweils weit ausladend zur Seite. Ich fand diese Bewegungen hinreißend, und bei ihr war es auch völlig gleichgültig, welche Kleidung sie anhatte: Sie war einfach schön.

»Jetzt stehn wir aber dumm da«, sagte Vater Gremme. »Muss ich wohl selber mitgehen zu Tante Hanna.«

Seine Tochter erklärte, so ein paar Gardinenstangen könne sie ja leicht allein tragen und den Weg wisse sie auch. »Ich bin doch kein kleines Kind mehr, Papa!«

»Eben«, murmelte Vater Gremme.

Nardo hielt sich an der Hauswand fest. »Ich geh mal besser rauf und leg mich hin«, stöhnte er. Dann brachte er mich endlich ins Spiel. »Wenn der Schorsch vielleicht mitgehen könnte nach Werden …« Nardo hatte seine Rolle gut und überzeugend gemimt. Er verkrümelte sich.

»Bist du der Schorsch?«, fragte Vater Gremme.

»Glaub schon.«

»Kennst du ihn, Renate?«

»Natürlich! Er ist doch in meiner Klasse, der Schorsch.«

Ich erklärte dann gönnerhaft, dass es mir durchaus möglich sei, zwei, drei Stündchen zu entbehren, zumal bei so schönem Wetter ein Waldspaziergang etwas Angenehmes sei. In Wirklichkeit war das Wetter aber gar nicht schön. Es war drückend schwül. Wenn schon! Ein paar Stunden mit der X-Bein-Gremme allein zu sein: Dafür hätte ich Sandstürme und Blizzards in Kauf genommen. Ich ließ mir das wonnige Gefühl, das mich durchrieselte, selbstverständlich nicht anmerken, schulterte die zwei Meter langen Metallstangen und zog mit der X-Bein-Gremme los. Ihr Vater rief mir noch nach, er wolle mir meine Hilfsbereitschaft irgendwie gutmachen. Ich grinste in mich hinein.

Überall waren Arbeiterkolonnen am Werk, schippten Straßen frei, legten Rohre, zogen Mauern hoch, rissen Fassaden ein, pflasterten Bürgersteige, transportierten Schutt, teerten Fahrbahnen. Frauen in einer langen Kette, alle trugen sie Kopftücher mit dem Knoten über der Stirn, reichten sich Dachziegel zu, die von einem Tieflader zu einem renovierten Geschäftshaus befördert wurden. Die Männer des Abrisskommandos, die mit Rammböcken, Spitzhacken und Bleibirnen arbeiteten, wurden von dunkelhäutigen Soldaten mit übergehängten Gewehren bewacht.

»Politische Gefangene«, erklärte ich.

»Weiß ich doch«, sagte die X-Bein-Gremme.

Manche der Männer, die beim zerstörten Straßenbahndepot das Eisengestänge der Dachkonstruktion zerlegten, riefen uns gemeinen Quatsch nach, und ich hätte sie am liebsten der Reihe nach erwürgt, weil es für die X-Bein-Gremme so beleidigend war, doch sie schien ihre Ohren auf Durchzug gestellt zu haben und summte unentwegt Lieder.

An der Waldschenke hielten wir die verschwitzten Gesichter unter den Wasserstrahl eines defekten Hydranten. Von hier aus konnten wir über Waldpfade bergab durch den Plattenforst laufen. »Wird's dir nicht zu schwer?«, fragte die X-Bein-Gremme. »Wir könnten die Stangen doch zusammen tragen. Ich pack vorne an, und du trägst hinten. Wollen wir?«

»Kommt überhaupt nicht in die Tüte!« Ich tat empört. »Von mir aus könnten es ruhig dreimal so viel Stangen sein. Ich bin unheimlich zäh.«

Sie lachte. »Angeber!« Dann fing sie an zu singen. Das war kein Summen mehr, sie sang laut und ernsthaft.

»In den Zweigen, die sich neigen, schlummert sanft das Vogelkind ...«

Ich war hingerissen. Verdammt, wenn Kalla so etwas gesungen hätte oder Köttel Schraa, dann hätte ich mich in Lachkrämpfen gewälzt, aber bei ihr hörte sich das wunderbar an, ich konnte das richtig sehen, was sie sang. »In den grünen Laubgardinen ...« Das Sonnenlicht, von den Kronen der hohen Buchen gedämpft, blitzte auf ihrem Kastanienhaar.

Ich gab mir einen Ruck und sagte: »Du könntest glatt ne Indianerin sein. Ganz ehrlich.«

»Haste ne Meise, Schorsch? Indianerinnen haben keine X-Beine.«

»Wieso? Ich meine ... Also, wir ...« Ich haspelte erst einmal eine Welle allerlei Unsinn, weil ich nicht wusste, was ich sagen sollte. »Mensch, du hast doch auch keine X-Beine!«, verkündete ich dann endlich.

»Komisch. Und wieso nennt ihr mich dann alle X-Bein-Gremme?«

Ja, wieso nur? Ich wusste es nicht. Bestimmt hatte ich auch

niemals darüber nachgedacht. Dass sie ganz besondere Beine hatte und dass ich die Art, wie sie ging, mochte, das wusste ich. Aber wieso nannten wir sie X-Bein-Gremme? Bestimmt hatte irgendeiner den Namen gesagt, und wir anderen hatten ihn nachgeplappert, wie immer.

Ich sagte: »Ich hab mir nie was dabei gedacht.«

»Typisch. Das ist es ja eben. Denken tut ja auch weh.«

Ich lud mir die Stangen zur Abwechslung auf die andere Schulter und gewann dabei auch ein paar Atemzüge Zeit. »Als dein Vater vorhin Renate zu dir sagte, da ist es mir erst wieder eingefallen, dass du Renate heißt.«

»Na, dann weißt du's ja jetzt.« Sie lief schneller, als wollte sie ein paar Schritte Abstand zwischen uns bringen.

Was hatte ich ihr alles sagen wollen! Dass ich sie schön fände und gern ihr Freund wäre, wenn auch nur heimlich zuerst einmal. Dass sie die schönsten Augen der Welt hätte und die tollsten Haare sowieso. Aber ich Stoffel war plötzlich so gehemmt, dass ich nur auf einen Schwarm gelbgrüner Vögel zeigen konnte, um zu erklären, dass das Zeisige seien. In meinen Gedanken blieb die X-Bein-Gremme die X-Bein-Gremme. Ich dachte diesen Namen ganz zärtlich.

»Nardo hat erzählt, ihr wollt nach Amerika zu den Indianern.« Sie sagte das einfach so, fragte nicht, machte sich nicht lustig. Es war eine Feststellung, und wahrscheinlich wollte sie von mir Genaueres wissen.

»Ich werde den Nardo vor den Stammesrat bringen! Wenn die Pottsau unser wichtigstes Geheimnis verraten hat, dann gibt's nur eins: Marterpfahl. Den Arsch kriegt der abgerissen!« Ich war außer mir. Da hatten wir uns ja einen prächtigen Blutsbruder angelacht.

»Blas dich nicht so auf, Schorsch! Er hat es mir unter dem Siegel der Verschwiegenheit anvertraut.«

»Prima! Und wem sagst du es unter dem Siegel der Verschwiegenheit weiter? Übermorgen weiß es die ganze Stadt. Wenn meine Mutter das erfährt, dass ich abhauen will, dann fällt die tot um.«

»Du Idiot! Wenn du einfach abhaust, dann fällt die etwa nicht tot um?« Die X-Bein-Gremme baute sich vor mir auf, packte mich mit beiden Händen bei den Ohren und schüttelte, dass ich die Engel singen hörte. »Damit du eins kapierst, Schorsch: Ich bin keine Quatschtante. Wenn ich sage, ich sag's nicht weiter, dann sag ich's auch nicht weiter. Peng!« Sie ließ los, ihre Stimme war wieder ganz normal. »Wann wollt ihr denn aufbrechen zu eurer Weltreise?«

»Wenn wir sieben Fahrräder zusammenhaben. Zwei haben wir. Das dritte hätten wir fast gehabt. Ein Nazischwein in Uniform hat uns das vermasselt.«

»Sag nicht immer solche Wörter, Schorsch! Warum braucht ihr denn unbedingt Fahrräder, wenn ihr zu den Indianern wollt?«

»Da gibt's ne Menge Gründe. Erst mal müssen wir ja irgendwie bis ans Meer kommen, verstehste? Die Überfahrt machen wir als Schiffsjungen oder Smutjes oder blinde Passagiere. Und drüben tauschen wir die Räder dann ein gegen Mustangs. Außerdem ist Radfahren schon ein bisschen so wie Reiten. Wir gewöhnen uns schon mal an den Sattel.«

»Aber Reiten ist doch ganz was anderes!«

»Sattel ist Sattel.« Ich lächelte überlegen.

»Von mir aus. Bloß glaub ich, dass die Indianerzeit, die ihr euch da vorstellt, nur noch in Büchern vorkommt und im

Kino. Indianer so mit Federschmuck auf dem Kopf und Mokassins an den Schweißfüßen, die sind doch längst ausgestorben.«

Ich widersprach heftig. Gerade in den Waldhängen der Rocky Mountains gebe es noch massenhaft Indianer, die nach den uralten Sitten und Bräuchen lebten und für die Bleichgesichter nur Verachtung übrig hätten. »Häuptling Büffelkind Langspeer, haste schon mal den Namen gehört? In Englisch nennt er sich Buffalo Child Long Lance. Den suchen wir zuerst mal, weil der auch ein Schwarzfußindianer ist.«

Die X-Bein-Gremme schlug sich mit der flachen Hand vor die Stirn. »Träum schön weiter, Schorsch! Mein Papa hat mir erzählt, dass es Indianer sogar in der amerikanischen Armee gebe. Soldaten wie die andern auch, äußerlich von den anderen Soldaten überhaupt nicht zu unterscheiden. So sieht die Wirklichkeit aus!«

»Überläufer!«, sagte ich voll Verachtung. »Feige Überläufer kommen überall vor. Das hat nix mit Büffelkind Langspeer zu tun.«

»Komisch. Wenn ihr zu den Indianern abhaut, dann seid ihr doch auch feige Überläufer. Was macht ihr denn, wenn euer großer Büffelkindhäuptling solche feigen Überläufer nicht leiden kann? Vielleicht raucht er euch dann in seiner Friedenspfeife.«

Warum machte sich die X-Bein-Gremme über unsere heiligsten Gefühle lustig? Ich hatte gedacht, sie könnte unsere Sehnsucht nach dem ganz anderen Leben verstehen. Ja, ich hatte sie auf unserem Weg durch den Wald sogar fragen wollen, ob sie nicht vielleicht mit uns die Reise ohne Wiederkehr antreten möchte, wo sie doch eindeutig etwas Indianisches an sich hatte. Ich knurrte nur: »Indianer, das hat nichts mit der Rasse zu tun. Das ist ein Gefühl. Indianer ist man mit dem Herzen. Ich und die andern, wir wissen genau, dass wir im Grunde Rothäute sind. Bei Nardo bin ich mir übrigens nicht ganz sicher.«

»Also gut, ihr habt Indianerherzen.« Die X-Bein-Gremme legte die Handflächen wie zum Gebet zusammen. »Ich hab nichts gegen Indianer. Von mir aus könntet ihr auch Pygmäen oder Eskimos sein. Aber gegen diese beschissenen Fliegen hab ich was.«

Ich dachte: *Deine Mandelaugen, deine schönen Schritte, dein Kastanienhaar, auf dem die Sonnenstrahlen spielen. Ich will dir sagen, dass ich alles für dich tun würde, wenn du nur begreifen könntest, dass wir zusammengehören, aber du redest von Fliegen!*

Die winzigen Gewitterfliegen waren wirklich eklig. Sie umschwirrten uns in dichtem Schwarm und waren einfach nicht zu vertreiben. Überall auf der verschwitzten Haut klebten sie fest und drangen in die Augen, in die Nase, in die Ohren. Sogar von den Lippen mussten wir sie spucken. Die dämlichen Gardinenstangen machten mich schier wehrlos gegen die Angreifer, die uns bis zum Ende des Plattenwaldes verfolgten. Über dem Ruhrtal türmten sich bedrohliche Wolkenbänke auf.

»Viertelstündchen noch, dann sind wir da«, tröstete die X-Bein-Gremme. »Gleich hinter der Brücke wohnt Tante Hanna. Schaffst du's noch, Schorsch?«

Ich hätte ihr gern etwas über die Belastbarkeit eines Indianers erzählt, aber ich nickte nur. Ich hätte ihr gern das Gesicht gestreichelt, aber ich traute mich nicht. Ich hätte gern mit ihr zusammen dieses schöne Bild bewundert, aber ich trottete einfach hinter ihr her den Hang hinunter zur Straße.

Und es war ein schönes Bild! Der Stadtteil Werden, weit im Süden der Stadt vorgelagert und eigentlich ein Ort für sich, hatte nicht viel abgekriegt im Krieg. Kleine Häuser reihten sich zum Pastoratsberg hinauf, bei der Brehminsel und unter der Brücke glitzerten Ruderboote, auf dem Marktplatz im Tal standen Menschen herum und waren klein wie Stecknadeln, die Türme der alten Abteikirche protzten mit dem Grünspan des Kupferbelages. Ja, ein schönes Bild. Doch wir hielten nicht an, sondern eilten weiter zu Tante Hanna.

Die erwies sich als schrumpliger Zwerg von mindestens hundert Jahren und war vermutlich Vater Gremmes Groß- oder Urgroßtante. Eine winzige gebückte Person mit der Stimme einer Löwin, eingehüllt in einen dunkelblauen Kaftan, der sich von der Hüfte abwärts wie ein Lampenschirm bauschte.

»Ach, Renatekind! Da bist du ja endlich. Ist das dein Freund?«

»Nein, das ist Schorsch.«

»Dann trag die Gardinenstangen mal vorsichtig rein, Schorsch!« Und zur X-Bein-Gremme: »Wo ihr die ja jetzt nicht mehr braucht.«

Ich achtete nicht besonders auf diesen Satz. In den hohen Räumen der Wohnung wirkte alles düster und vergraut. Muffige Süße wie von faulenden Birnen lag in der Luft. Ich bekam lauwarmen Hagebuttentee zu trinken und durfte einen gummiartigen Pfannkuchen kauen. Dann kam der Höhepunkt. Tante Hanna verlangte von mir, dass ich die Gardinenstangen sofort unter der Holzdecke anschraubte, weil sie für solche

Arbeit zu alt sei. Nun verstand ich auch, warum Vater Gremme nicht selber mitgehen wollte, sondern einen Ersatzmann schickte.

Eine wacklige Stehleiter, kein Werkzeug, und nur mit völlig ausgestreckten Armen und auf Zehenspitzen konnte ich bis zur Decke langen. Wenn ich mein Mehrzweckmesser nicht bei mir gehabt hätte, wäre die gesamte Aktion ohnehin witzlos gewesen.

Mit der linken Hand drückte ich die Gardinenstange gegen die Decke, mit der anderen presste ich die kleinen Schräubchen, die die X-Bein-Gremme mir aus einem Tütchen zureichte, ins Deckenholz, schlug mit dem Messerheft nach, drehte dann mühsam mit dem Schraubenzieher meines Messerbestecks, der für solche Winzschrauben eigentlich viel zu grob war. Bisweilen sprang eine Schraube wieder aus dem kleinen Schraubenloch im Metall, dann und wann rutschte ich ab, weil alles Blut aus meinen Armen gewichen war und ich also kein Gefühl mehr in den Fingern hatte, und allmählich hatte ich mir sämtliche Sehnen des gesamten Körpers überdehnt. Es war eine schreckliche Tortur. Halb tot stand ich später auf der Straße und kämpfte mit den Schwindelanfällen.

»Hast du prima gemacht«, lobte die X-Bein-Gremme.

Ich sagte: »Jetzt hat sie Gardinenstangen an der Decke. Wer macht ihr denn eigentlich die Vorhänge dran?«

»Vorhänge? Tante Hanna hat noch keine Vorhänge. Vielleicht kann sie später mal welche auftreiben. Das mit den Gardinenstangen, das ist eine fixe Idee von ihr. Musst du verstehen, Schorsch, sie ist ja schon alt.«

Am liebsten hätte ich laut gebrüllt.

Wir waren beim Aufstieg und hatten annähernd den halben Weg bis zum Waldrand geschafft, als das Gewitter mit solcher Plötzlichkeit über uns hereinbrach, dass wir nichts anderes mehr tun konnten, als die Gesichter mit den Armen vor dem peitschenden Hagel zu schützen. Nur Büsche und Sträucher um uns herum. Die Blitze knisterten über unseren Köpfen, fast gleichzeitig knallten die Donnerstöße, Wasser und Hagel stürzten, dass wir kaum noch atmen konnten. So etwas hatte ich noch nicht erlebt. Das ist das Ende der Welt, dachte ich.

»Hinlegen!«, schrie die X-Bein-Gremme. »Hinlegen!«

Ich warf mich auf den Weg, eng an die X-Bein-Gremme gepresst lag ich da, Sturzbäche umspülten uns. Holz krachte und splitterte, Schwefelgeruch drang mir in die Nase.

»Es hat eingeschlagen!«, keuchte die X-Bein-Gremme. »Ganz in der Nähe. Ich hab solche Angst!« Sie drängte sich unter mich.

Ich umschlang sie und drückte den Kopf auf ihren Nacken. Ich fühlte, wie sie zitterte, und so sehr ich mich auch fürchtete: Es war ein wunderbares Gefühl, ihren Körper zu spüren. »Wird schon nix passieren«, flüsterte ich.

Ich weiß nicht mehr, wie lang der Spuk dauerte. Wahrscheinlich wusste ich es auch damals nicht. Fünf Minuten? Eine Viertelstunde? Wir schreckten davon auf, dass es plötzlich still war. Weiße Helligkeit, unwirklich wie Bühnenbeleuchtung, stach in den Augen. Wind schob die Wolken zur Seite und legte dünnes Blau frei. Über dem Ruhrtal lag milchiger Dunst. Ein Stück Regenbogen schimmerte am Horizont. In den Gräsern und Zweigen gleißten die Wassertropfen wie Edelsteine.

Wir schauten uns an und lachten.

»Schorsch, du siehst aus wie ne Wasserleiche!«

»Und du wie ne Seejungfrau!«

»Ich fühl mich aber mehr wie ein triefnasser Aufnehmer. Bäh, guck dir meinen Rock an! Der wiegt jetzt zwei Zentner. Ist das ein Gefühl, igitt!« Die X-Bein-Gremme schüttelte sich wie ein Hund und wrang literweise das Wasser aus dem Wolldeckenrock.

»Ich bin durchnässt bis auf den Blinddarm«, sagte ich und reckte mich vor den Sonnenstrahlen, die schon wieder an Wärme gewannen. »Schnuckelige Wasserratten sind wir!«

Wir stakten weiter zum Waldrand, wichen, so gut es ging, den Lachen und Sturzbächen aus, und hielten die Arme vom Körper weg, damit der klatschnasse Stoff nicht so arg auf der Haut schrappte. Die X-Bein-Gremme musste unentwegt ihren Rock hochziehen.

»So hat das keinen Zweck«, sagte sie, »so können wir nicht weiterlaufen. Wir müssen die Klamotten erst ein bisschen trocknen. Wir verstecken uns hinter der Fichtenschonung. Falls mal einer kommt ...«

»Du meinst wirklich?« Mein Herz bullerte.

»Es geht nicht anders. Aber wehe, wenn du guckst!«

»Ich guck nicht. Ehrenwort.«

Wir schlängelten uns durch die Reihen der kopfhohen Fichten und stiegen am anderen Ende der Schonung über das Gatter. Ich drehte mich zur linken Seite, die X-Bein-Gremme drehte sich zur rechten Seite. Ich hörte, wie sie den schweren Rock fallen ließ, da stieg ich auch aus meiner Hose. Wir breiteten mit abgewandten Gesichtern die nassen Sachen über den Zaun und kicherten verlegen. Dann hab ich doch zu ihr hinüber geschielt, für eine halbe Sekunde höchstens, sie merkte es nicht. Ich sah, dass ihre Brustwarzen schon groß wie Kirschen waren. Das Blut schoss mir in den Kopf und rauschte in den Ohren. Angestrengt starrte ich dann in die Sonnenstrahlen hinein und fühlte mich sehr nackt.

Plötzlich stürmte etwas aus dem Haselgesträuch und stieß einen tierischen Schrei aus. »Iiii-aaaa-uuuh!« Fäuste fuhren mir ins Gesicht.

»Hotta!«

Oh, all ihr großen Häuptlinge in Manitus ewigen Jagdgefilden! Es war Hotta, und er war ohne Zweifel wahnsinnig geworden. Die ganze Zeit war uns dieser Irrsinnige nachgeschlichen!

»Schorsch, ich bring dich um! Du packst sie nicht an mit deinen schmierigen Fingern, du heimtückischer Lustmolch!« Hotta haute mir die Handkante mit voller Wucht auf die Nase, dass ich vor Tränen blind war. »Ich reiß dir den Pillemann ab!« Er schlug und trat und fuhr mir mit den Fingern in die Augen. Mit dem Knie erwischte er haargenau meine empfindlichste Stelle. Ich merkte, er hatte es vor allem auf meine Gurgel abgesehen.

Mein Überlebensinstinkt rettete mich vermutlich davor, von dem wild gewordenen Eifersüchtigen erwürgt zu werden. Ich boxte ihn auf die Kinnspitze und brach mir dabei fast die Hand. Dann krallte ich mich an seinem pitschnassen Hemd fest und versuchte, ihm die Hacke in die Wade zu hauen, um ihn auszuhebeln. Es gelang mir fast, weil Hotta so blindwütend kämpfte. Ich taumelte, als er mir den Kopf ins Gesicht rammte, doch ich zog ihn mit zu Boden, und dann rollten wir keuchend und brüllend und jammernd über Grasbüschel und Baumwurzeln, schrappten uns die Haut an Armen und Beinen auf, stießen uns Ellenbogen und Steißbein blutig, bissen uns in die Bäuche und in die Ohren.

»Was wolltest du ihr antun, du Mistvieh?«

»Gar nix, du Wahnsinnskandidat! Wir wollen bloß die nassen Plörren …«

»Lüg mich nicht an, du Sau!«

»Hotta, hör doch zu!«

»Sie gehört zu mir! Ist das klar?«

»Zu dir? Biste viel zu doof für so 'ne tolle …«

Er hatte mich im Schwitzkasten. Ich gurgelte und würgte, dann bekam ich Hottas Nase zu fassen, und weil meine sowieso schon hin war, wollte ich seine auch kaputtmachen. So weit kam es aber nicht mehr.

Die X-Bein-Gremme beendete den Kampf. Sie schlug mit einem dicken Ast auf uns ein und kreischte wie eine Kreissäge. »Hört ihr wohl auf, ihr Bekloppten? Hört ihr wohl endlich auf? Habt ihr nicht mehr alle Tassen im Schrank, ihr Büffelkälber?« Sie hatte ihr Höschen und die Bluse wieder an. Sie drosch noch weiter mit ihrem Knüppel, als wir längst schon nach Luft ringend im Moos lagen.

»Passt mal genau auf, ihr! Ich gehör nicht zum Schorsch, ich gehör nicht zum Hotta. Ich gehör zu niemandem. So, damit ist diese Sache geklärt. Und außerdem ziehen wir weg. Nach den Ferien geh ich auch nicht mehr in eure Klasse. War völlig umsonst, eure kindische Keilerei.«

»Du ziehst weg?« Das riefen Hotta und ich gemeinsam.

»Es geht nicht anders. In der britischen Zone kriegt mein Papa keine Arbeit. Wir versuchen es in der amerikanischen Zone, da soll es leichter sein. Darum lösen wir ja auch schon den Haushalt auf. Die Gardinenstangen und so …«

Die X-Bein-Gremme redete weiter, doch ich hörte nicht zu. Der Satz, den die Schrumpeltante gesagt hatte! Jetzt verstand ich ihn. Mit schmerzenden Knochen humpelte ich zum Zaun und zog mir die Hose an. In meinem Kopf flatterten die Gedanken wie aufgescheuchte Spatzen.

»Warum kann dein Vater in der britischen Besatzungszone denn keine Arbeit kriegen?«, wollte Hotta wissen. »Was für 'n Beruf hat er denn?«

»Schwört ihr, dass ihr es niemandem weitersagt?«

Wir schworen.

Nebeneinander saßen wir im Gras, obwohl der Boden noch feucht war. Die X-Bein-Gremme saß zwischen Hotta und mir und hatte die Arme um ihre Knie geschlungen.

Sie sagte: »Mein Vater ist Lehrer. Aber sie übernehmen ihn nicht wieder in den Schuldienst, jedenfalls nicht hier. Er war Mitglied der NSDAP. Es gab Zeitungsfotos, da konnte man ihn mit dem Parteiabzeichen sehen. Hakenkreuz und so. Viele Leute hier kennen ihn ja auch noch. Bei der Behörde ist es bekannt, dass er ein Nazi war.« Die X-Bein-Gremme presste die Lippen zusammen, weil sie weinen musste.

»Warum war dein Vater denn überhaupt in der Partei?«, fragte Hotta.

»Warum! Warum! Er hat gesagt, weil alle drin waren und weil man als Lehrer drin sein musste, wenn man seine Stelle nicht verlieren wollte. Und Rektor wär er ja auch nicht geworden ohne Parteiabzeichen.«

Ich hatte einen schrecklichen Knubbel im Hals sitzen. Ich

wollte sagen: Man kann sich doch entnazifizieren lassen. Sogar den gelbhaarigen Gestapo-Mann haben sie entnazifiziert und wieder bei der Polizei eingestellt. Wenn man so einen wieder arbeiten lässt, dann wird man deinen Vater doch dreimal wieder…

Nein, ich dachte das nicht weiter. Ich erschrak so sehr, dass ich meinen Herzschlag bis in die Zehenspitzen spürte. Was war denn, wenn der Vater der X-Bein-Gremme während des Krieges noch schlimmere Sachen gemacht hatte als der Gelbe, der stur Befehle ausführte und selber nicht nachdachte? War er vielleicht einer, der in der Nazi-Zeit Befehle gegeben hatte? Wenn er zu solchen Männern gehört hatte, die einem wie dem Gelben die Befehle gaben, die Juden aufzuspüren und zu ermorden? Wenn er so einer war … Oder war alles ganz anders? Ich dachte stumm an die kleine Frau Baumbeer.

Und was hätte ich sagen wollen? Ich weiß, ich wollte schreien: Aber du kannst doch nichts dazu, dass dein Vater ein Nazi war! Ich konnte die X-Bein-Gremme jedoch nicht einmal anschauen. Alles hatte sich verändert. Ich hatte sie noch immer gern, dass es sogar wehtat. Dass sie wegziehen würde, dass ich sie dann nie mehr wieder sehen würde: Das war noch nicht ganz richtig in meinem Gehirn angekommen. Ich wusste nur genau, dass sich alles verändert hatte.

»In der amerikanischen Besatzungszone hat er vielleicht Glück«, sagte die X-Bein-Gremme. »Ihr vergesst euren Schwur nicht?«

»Bestimmt nicht«, sagte Hotta.

Ich nickte nur. Auch auf dem Heimweg sagte ich nichts. Das Wetter war wieder schön. Ich summte unentwegt und so leise, dass Hotta und die X-Bein-Gremme es nicht hören konnten: »In den Zweigen, die sich neigen, schlummert sanft das Vogelkind …« Das tröstete mich aber nicht.

8 Die Stute

Es ging aufwärts, aufwärts, alles wurde besser. Wir aßen Frikadellen, in denen sogar etwas Fleisch war. Die falsche Oma verließ die Trotzecke beim Ofen und erklärte sich bereit, beim Schlangestehen zumindest für ein paar Stunden am Tag verfügbar zu sein. Mein Vater hatte seinen Arbeitsvertrag so gut wie in der Tasche. Bei Krupp stellten sie die Demontage ein. Ulla hatte nach Auskunft einer pensionierten Lehrerin das Niveau der nächsthöheren Klasse erreicht. Ich erfuhr durch Zufall, dass meine Mutter noch einmal schwanger geworden war. Nach dem schlimmen Gewitter war es unserer Hausbesitzerin gelungen, von irgendwoher eine Dachdeckertruppe mit den nötigen Dachziegeln aufzugabeln, die das Haus halbwegs wasserdicht machte. Horsti bekam von den Pateneltern seiner Mutter ein Fahrrad geschenkt; das war zwar ein altmodisches Damenrad mit Gesundheitslenker und schon reichlich rostig, aber es funktionierte, und die Tochter jener Pateneltern hatte ohnhin keine Verwendungsmöglichkeiten mehr für das Rad, weil sie vom Phosphor einer Brandbombe marmorierte Augäpfel hatte. Mechtild betrachtete Köttel Schraas Nase als geheilt und fand ihre Voraussage bestätigt, dass die Narbe von Dauer sein werde. Ja, alles ging aufwärts. Der Gelbe und sein Polizistenaufgebot hatten uns auch nicht erwischt.

Und was war mit mir? Es ging niemanden etwas an, wie es in mir innen drin aussah, ich ließ es mir auch nicht anmerken. Indianerherz kennt keinen Schmerz. Wirklich nicht? Oder war mein Herz am Ende gar kein richtiges Indianerherz?

Kalla und Pidder hatten das Hauptquartier der Ulmenhofbanditen ausbaldowert. Vom Bahndamm am Uhlenkrug-Stadion aus konnten wir es mit dem Fernglas erkennen. Die Feiglinge hatten es mitten auf dem Flachdach der Polsterei Blaich & Wehdeking errichtet: Sockel aus gegossenen Beton-Steinen, Wellblechplatten mit Gucklöchern an allen Seiten, tarnfarbene Zeltplanen als Sonnen- und Regenschutz über alles gespannt. Unangreifbar war diese Festung in Baumwipfelhöhe, denn man konnte sie nur durch das Haus erreichen. Außerdem war nicht zu übersehen, dass die Ulmenhofbanditen inzwischen mehr als zwanzig Mitglieder zählten, Sechzehnjährige dabei und richtige Stenze und auch Mädchen. Im offenen Kampf kamen wir gegen die nicht mehr an, das war sonnenklar, beim Gefecht auf dem Zechenberg hatte sich das schon angedeutet, wo sie mit ihren Fletschen Metallkrampen auf uns geschossen hatten. Bis dahin hatte der Zechenberg uns gehört! Und hatten wir nicht Rache geschworen?

»List«, sagte Kalla und steckte das Fernglas in sein Hemd, »es geht nur mit List. Aber aufgeschoben ist nicht aufgehoben. Wir zahlen es den Hunden noch heim, was, ihr Männer?«

»Jau, aber mit Schmackes! Da kannze einen drauf lassen, Kalla. Rache ist süß.« Pidder, der Kundschafter, hatte noch eine Neuigkeit für uns, die haute uns glatt aus den Socken. »Jetzt haltet euch mal fest! Wisst ihr, wer neuerdings auch Mitglied bei den feigen Ulmenhofbanditen ist? Langen Radatsch!«

»Der?« Horsti wollte es zuerst nicht glauben. »So 'nen Pannasschädel haben die aufgenommen? Irrst du dich ganz bestimmt nicht, Pidder?«

»Ich hab ihn doch mit eigenen Augen gesehen. Von dieser Stelle aus. So ein Gerippe wie den, also, den Langen Raddatsch würd ich von hier bis Köln erkennen, notfalls auch bei Nacht.« Pidder war sich seiner Sache hundertprozentig sicher.

»Dem Langen Raddatsch hab ich noch nie getraut«, sagte Hotta.

Kalla meinte, wir sollten uns bloß nichts anmerken lassen. Langen Raddatsch dürfe auf gar keinen Fall merken, dass wir von seinen Kontakten zu den Ulmenhofbanditen wussten. »Leute, den schleusen sie garantiert bei uns als Spion ein, dann haben wir sie im Sack.«

»Versteh ich nicht«, sagte Köttel Schraa.

»Wir führen ihn dann auf eine falsche Fährte«, erklärte Kalla, was uns natürlich auch nicht schlauer machte, doch der Häuptling schien bereits einen Plan auszubrüten, und das war ein Fortschritt.

Nardo, der die Ulmenhofbanditen noch nicht kannte, war sich sicher, dass wir ihr Hauptquartier hier vom Bahndamm aus locker mit einem großen Katapult zerstören könnten. Er erzählte uns von einem Wikinger-Buch, in dem genaue Bauanweisungen verzeichnet seien. Doch uns ging es nicht darum, deren Hütte kaputtzumachen. Wir wollten die Typen selber am Boden sehen, die uns eine so schmähliche Niederlage zugefügt hatten.

Kalla sagte: »Zieht euch langsam zurück, Männer, und bleibt in Deckung! Die brauchen nicht zu wissen, dass wir ihr Hauptquartier kennen. Es ist immer gut, wenn man unterschätzt wird.«

Wir huschten an der Gegenseite den Bahndamm hinunter und bummelten dann entlang der kruppschen Rentnersiedlung zur Schillerwiese. Hotta ließ die Lakritzwasserflasche wandern. Am Eingang zur Schrebergartenkolonie, wo ehemalige Krupplaner winzige Parzellen bearbeiteten und Bohnen, Tomaten und Rotkohl anbauten, standen zwar zwei Männer und zwei Frauen als Wachtposten, doch wir konnten sie ablenken, und so gelang es Köttel Schraa, eine Hemdfüllung Pflaumen zu klauen. Die futterten wir anschließend auf dem verwucherten Rasen der Schillerwiese. Diese Sportanlage hatte den SA-Männern, die sich spannend als Heimatfront bezeichnet hatten, für ihre Kampfspiele mit hölzernen Handgranaten und für ihre Aufmärsche gedient. Sie hatten auch Faustball gespielt und blödsinnige Männerpyramiden mit einem Fahnenschwenker obendrauf gebildet. Jetzt kümmerte sich niemand mehr um die Rasenpflege. In der Sprunggrube moderte Abfall. Kinder, die von einem Priester und mehreren Frauen kommandiert wurden und offenbar zu organisierten Ferienspielen hergebracht worden waren, spielten Blindekuh. Vom Waldrand her tönte es mit Echohall: »Der Kaiser schickt seine Soldaten aus!« In das anschließende Jubelgeschrei mischte sich Dackelgebell. Das Tier hatte zweifellos keine Lust mehr, immer wieder den Ball zu apportieren, den Herrchen auf die Wiese warf. Es hechelte erbärmlich. Herrchen hatte aber kein Erbarmen und lachte mit falschen Zähnen. Als der Ball in unsere Richtung flog, raffte Pidder ihn an sich, bevor der Dackel zuschnappen konnte. Ein Gummiball in Männerfaustgröße, zehnmal besser als unser Stoffklüngel! Da hatten wir eine gute Beute erwischt.

»Hundsfötte! Gesindel! Diebespack!«, schrie Herrchen und forderte den Dackel auf: »Fass, Waldi! Fass!«

Waldi war anscheinend froh, dass die Hetzerei ein Ende

hatte, und legte sich ins Gras. Wir köpften und kickten uns mit gekonnten Tricks gegenseitig unseren neuen Ball zu und liefen in den Wald hinein.

»Wo gehn wir eigentlich hin?«, fragte Nardo. Er war stolz auf das Brotmesser, das er gefunden hatte und nun in einer Segeltuchscheide wie ein Schwert am Hosenträger trug.

»Wirste schon sehen«, antwortete Kalla und tat geheimnisvoll.

Unter den Bäumen waren wir wieder Indianer. Vorneweg durch das Unterholz schritt Häuptling Sitzender Bulle, ihm folgten, immer in seine Fußspur tretend, damit unsere Verfolger unsere Zahl nicht erraten konnten, die Indianer Schreiender Adler, Rollender Donner, Blutende Nase, Singender Pfeil, Der ohne Namen. Horsti Großer Bär übernahm wie üblich den Schluss, weil er, wie er versichert hatte, auch hinten Augen besaß. Wir vermieden es, Wege zu queren, mussten aber über die Frankenstraße hinüber, das war nicht zu vermeiden. Als wir diese Straße der Bleichgesichter im Rücken hatten, gab es bis zu unserem Ziel nur noch dichten Wald. Kalla stimmte das Lied an, wir sangen mit gedämpften Stimmen: »Wie oft sind wir geschritten auf schmalem Negerpfad, wohl durch der Steppe Mitten, wenn früh der Morgen naht, wie lauschten wir dem Klange, dem altvertrauten Sange der Träger und Askari, heia, hei, heia Safari!« Natürlich war das eigentlich kein Indianerlied, doch so eng sahen wir das nicht, vor allem war es eines der wenigen Lieder, die wir alle kannten. Es drückte auch hervorragend unsere Stimmung und unser Gefühl aus. »Heia Safari!« Wir jubelten das geradezu durch die Zähne.

Ich summte an diesem Tag aber eine andere Melodie: »In

den Zweigen, die sich neigen, schlummert sanft das Vogelkind …« Ganz leise, nur für mich, voll schöner Traurigkeit. Doch dann schämte ich mich. *Du bist ein wilder Krieger,* redete ich mir zu, *dein Herz ist aus hartem Feuerstein! Jammer nicht wegen einer Squaw!* Aber ich spürte, mein Herz war nicht aus hartem Feuerstein. Es sehnte sich nach der X-Bein-Gremme. Und das tat weh.

Als hoch über uns die Ruine der Isenburg dunkel vor dem wolkenlosen Firmament ragte, drohend und anziehend zugleich, da blieben wir staunend stehen, obwohl uns dieses Bild doch so vertraut war. Aber immer wieder besoffen wir uns daran, denn wir waren damals besessen von unseren romantischen Träumen von fernen Welten, die in der Vergangenheit lagen oder in der Zukunft und heil waren und uns Entdeckern mit den brennenden Herzen das große Abenteuer verhießen.

Nardo war hingerissen. »Heiliges Kanonenrohr!«, flüsterte er. »Das ist ja 'n Ding. Darf man da näher ran?«

»Die Burg gehört praktisch uns«, sagte Kalla.

Wir verschwiegen es Nardo, dass die Isenburg in den Kriegsjahren von der Hitler-Jugend und vom Bund Deutscher Mädel missbraucht worden war für Sonnwendfeuer, Fahneneide, Treueschwüre, Ordensverleihungen und Verabschiedung des letzten Frontaufgebotes.

Kinder in Uniform waren von der Isenburg aus in den Krieg geschickt worden, obwohl der längst verloren war, und der Name für diese Kindsoldaten war nur hinter vorgehaltener Hand gesagt worden: Kanonenfutter. Doch daran wollten wir nicht mehr denken. Die alte Vergangenheit war uns näher als die junge. Kühne Ritter in Kettenpanzern, herrliche Frauen in den Kemenaten – und der wilde Raubritter von

Isenburg hatte es sogar gewagt, den Kölner Erzbischof Engelbert mit dem Schwert zu erschlagen.

Vor dem Anstieg pinkelten wir gemeinsam ins Farnkraut. Das gehörte zu unserem Ritual. Im Gänsemarsch erklommen wir dann den Hang und kletterten am Gemäuer hoch, bis wir durch den Fensterdurchbruch in den ehemaligen Rittersaal einsteigen konnten. Nardo, der Tapfere, kletterte mit, obwohl das für ihn doch ganz neu war, mit den Fingern und den Fußspitzen nach den Fugen der Bruchsteinwand zu tasten, die immerhin fast zehn Meter hoch war. Er schaute sich nicht um, biss die Zähne zusammen, war grün im Gesicht und hatte wahrscheinlich die lederne Großraumhose voll. Aber er schaffte es. Im Rittersaal, umgeben von kopfhohen Mauerresten, ruhten wir uns erst einmal aus. Niemand außer uns war da. Gewaltige Bäume waren längst in den Gevierten der Räume gewachsen. Doch die alten Zeiten tickten hörbar in den Steinen. Wir drückten unsere Gesichter gegen die Mauer und bildeten uns ein, Stimmen und Schwerterklirren zu vernehmen. Tauben hatten die Steinplatten des Saalbodens voll geschissen, Massen von Kirschkernen im Kot.

Nardo musste erst alles sehen. Wir rannten und hüpften über die Mauerkronen, die die einzelnen Räume andeuteten, umrundeten das enorme Burgareal, damit Nardo auch schön was zum Fürchten hatte, denn nach außen fielen Mauern und Felsen senkrecht ab. Wir warfen Steine in den uralten Brunnenschacht, die erst nach fünf Sekunden tief unten dumpf ins Wasser platschten, und ließen Nardo durch das Gitter schauen, hinter dem sich ein Schacht befand, der eindeutig das Verlies gewesen war und in dem vielleicht noch Skelette in Ketten hingen. Wir stiegen zur höchsten Ringmauer hinauf und schauten lange über das Ruhrtal und den Baldeneysee hinweg ins Hügelland des Hespertals. Satt lag der Sommer über dem Land.

In einem Mauerwinkel entzündeten wir unser Feuerchen. Das machten wir immer so: Wenn wir irgendwo zusammenhockten, musste ein Feuer brennen, und es war Ehrensache unter uns Waldläufern, dass beim Anzünden niemals Papier verwendet wurde. Wer trägt in den einsamen Urwäldern schon Zeitungen oder Tüten mit sich!

Plötzlich zischte Kalla: »Lasst euch nix anmerken, wir werden beobachtet. Ein feindlicher Kundschafter wahrscheinlich.«

»Wo steckt er?«, fragte Köttel Schraa und stocherte mit seinem Messer in dem flammenden Reisigstoß herum.

»Hinter der Mauer rechts vom Eingangstor. Hotta und Schorsch, ihr sitzt am günstigsten. Spielt die Holzsucher, klar? Und dann schnappt euch den Knilch!«

Das war eine Ehre für uns. Wir lösten uns lässig aus dem Feuerkreis, sammelten Äste und Zweige auf und näherten uns allmählich dem Eingangsbogen, der zu dem offiziellen Zugang zur Ruine führte. Diesen Spaziergängerweg benutzten wir natürlich nie, weil der etwas für Ausflügler und Spießbürger war. Vorsichtig krochen Hotta und ich links und rechts vom Eingangsbogen auf die Mauer, um uns gleichzeitig auf den feindlichen Späher zu werfen.

Doch dann warfen wir uns gar nicht, denn der Knilch, den wir uns schnappen sollten, erwies sich als britischer Soldat in Offiziersuniform, der rauchend auf den Eingangsstufen stand und neugierig den Schwarzfüßen am Feuer zuschaute.

»Hallo«, sagte der Mann, als er uns auf der Mauer sah, und grinste freundlich.

Hotta pfiff schrill auf den Fingern, da kamen die anderen gelaufen.

Der Soldat trat ein paar Schritte zurück und legte die Hand auf die Pistolentasche, aber er grinste noch immer freundlich.

»Man muss mit ihm Englisch reden«, flüsterte Kalla uns zu. »Lasst mich das mal machen.« Er hob die Hand wie zum Salutieren und sagte laut: »Hällu, Mister! Häff ju Schokläd for Bäby?«

Da brach der Engländer in Gelächter aus. »Du sprichst aber perfekt meine Sprache! Ja, ein bisschen Schokolade habe ich bei mir. Wollt ihr etwas haben? Es ist leider nicht viel, sorry.« Er kramte in seinen Jackentaschen.

»Sie … Sie sprechen ja Deutsch!«, sagte Kalla.

»Einigermaßen. Ich bin ja auch ein Dolmetscher. Hier, teilt es euch!« Er reichte Horsti eine Tafel, die war kaum angebrochen, und auf dem Einwickelpapier stand: *Finest Peppermint Chocolate.* Er förderte auch Salzkekse und gelbe Drops aus den Tiefen seiner Taschen.

Wir machten uns wie die Wölfe darüber her.

Der Engländer staunte. »Heaven! Habt ihr so großen Hunger?«

Wir nickten nur und futterten weiter. Die Bonbons krachten zwischen unseren Zähnen. Wir kauten Salzkekse und Schokolade gleichzeitig. Als der Engländer seine Kippe wegschnipste, fing Köttel Schraa sie noch in der Luft auf, drückte sie mit dem Schuh aus und steckte sie in die Hemdtasche. Der Engländer nahm die Schirmmütze ab und schüttelte den Kopf.

»Bald wird alles besser«, sagte er. »Die Alliierten sind jetzt nicht mehr eure Feinde. Wir Engländer und die Amerikaner und die Franzosen und die Russen, wir haben euch vom Faschismus befreit. Wir haben euch den Teufel ausgetrieben, den Teufel Hitler. Die Deutschen konnten das ja nicht selber. Und sie wollten es auch nicht, right?«

»Ging ja nicht«, sagte Hotta, »die Nazis haben uns ja überrumpelt.«

»Überrumpelt?« Der Engländer lauschte dem Wort nach. Vielleicht kannte er es nicht. »So, überrumpelt? Nennt man das so? Ihr seid noch jung, ihr Boys, ihr wisst das nicht besser. Erst waren alle deutschen Leute Nationalsozialisten und jubelten ihrem Führer zu, weil er die ganze Welt erobern wollte. Und jetzt, wo ihr den Krieg verloren habt, behaupten alle, sie seien niemals Nazis gewesen. Ist das nicht crazy?«

Hotta sagte leise: »Waren auch nicht alle Nazis. Unsere Mutter war immer gegen Hitler und den Scheißkrieg und hat auch …« Hotta hörte einfach auf zu reden. Dachte er an den Käse-Rudi?

Der Engländer steckte sich eine neue Zigarette an, paffte aber nur drei, vier Züge, drückte sie aus und hielt sie Köttel Schraa hin. »Die dürft ihr aber auf keinen Fall selber rauchen. Da ist ein bisschen Stoff drin, Marihuana. Ist gefährlich für Kinder.«

»Kinder?«, fauchte Kalla. »Erstens sind wir keine Kinder mehr, zweitens tauschen wir den Tabak gegen was zu essen. Was bedeutet Marihuana?«

Der Engländer machte eine nichts sagende Handbewegung. »Kleiner Muntermacher. Hilft im Krieg gegen die Angst.« Er rauchte danach noch sechs Zigaretten an und gab sie dann Köttel Schraa für seine Tabaksammlung. »Diese Burg, ist sie berühmt?«

Ich witterte etwas. »Sehr berühmt!«, rief ich. »Unheimlich berühmt!«

»Excellent!« Der Offizier rieb sich die Hände. »Ich bin sehr interessiert an berühmten Burgen und Schlössern. Gibt es auch alte Geschichten und Sagen von dieser Burg?«

Pidder machte ein bedeutungsschweres Gesicht. »Die Raubritter von Isenburg haben hier gehaust. Wilde Mörder waren das. Sind mit ihren Zossen … äh, mit ihren Pferden den Berg hinuntergeprescht und haben die Schiffe der Kaufleute überfallen.«

»Ja, aber das war später. Da gibt's noch viel ältere Geschichten. Haben Sie schon mal was von Siegfried und dem Drachen gehört?« Ich machte es spannend.

Der Engländer sprang fast senkrecht in die Höhe. »Siegfried? Nibelungenlied. Richard Wagner. Schöne Opern, große Opern! Der Ring der Nibelungen. Der Goldschatz im Rhein. Ich kenne das alles. Siegfrieds Tod und Kriemhilds Rache. Was hat diese Burg mit Siegfried zu tun?«

Da schmiedete ich das Eisen, weil es wunderbar heiß war. Und vom Schmieden erzählte ich auch zuerst. Hier in den Bergen an der Ruhr habe der Zwerg Alberich, der mit der Tarnkappe, seine Schmiede gehabt, in der Siegfrieds Schwert hergestellt wurde. »Hier wurde schon damals Steinkohle aus dem Berg geholt, verstehen Sie? Damit wurde solche Hitze erzeugt, dass man nicht nur Eisen schmieden konnte, sondern dass man es auch zu Stahl machte. Stahl! Siegfrieds Schwert war aus Stahl. So 'ne Art Geheimwaffe. Weil es aus Stahl gemacht war, darum war es so scharf.«

»Aber die Sage von Siegfried handelt doch am Rhein!« Der Engländer war sichtlich irritiert.

»Das ist ja der große Irrtum«, sagte ich und verschränkte die Arme, damit es schön überlegen wirkte. »Man hat die Sage später an den Rhein verlegt, weil der Rhein länger ist als die Ruhr und auch bekannter. In Wahrheit handelte die Geschichte von Siegfried hier! Dies ist die alte Siegfried-Burg!« Ich holte mit großer Geste aus. »Hier hat der Held Siegfried gelebt, hier auf dieser Burg und hier in dieser Landschaft! Und jetzt gehören Sie zu den wenigen Eingeweihten, die das wissen.«

Kalla boxte mir anerkennend den Ellenbogen in die Seite. Horsti staunte mich bewundernd an. Hotta biss sich in den Daumen, um nicht loszuplatzen. Der Offizier ließ überwältigt den Blick schweifen.

Wir führten ihn auf der Burg herum, zeigten ihm die Kemenate, in der Kriemhild gewohnt hatte. Von der Brüstung aus erklärten wir dem Engländer die Stelle im Hespertal jenseits des Sees, wo Siegfried den gewaltigen Lindwurm erschlagen hatte und wo er sich im Drachenblut gewälzt hatte, um die sagenhafte Hornhaut zu bekommen. Und weil unterhalb der Isenburg ein kleines Gewässer aus dem Fels trat, verrieten wir dem britischen Burgenliebhaber auch jene Quelle, aus der Siegfried trank, als ihm Hagen von Tronje den Speer von hinten in die einzig verwundbare Stelle rammte.

»Marvellous!«, wisperte der Mann. »Wonderful!«

Wir nahmen an, dass das Worte der Glückseligkeit waren, und schmiedeten noch ein bisschen am Eisen, indem wir dem Offizier den Abschnitt der Ruhr zeigten, in dem manchmal nachts Schatzsucher nach dem Nibelungenschatz tauchten, bisher aber nur einzelne Goldstücke und ein paar Edelsteine gefunden hätten.

»Morgen komme ich mit dem Fotoapparat wieder!« Der Engländer schlug jedem von uns voll Begeisterung auf die Schulter. »Boys, ihr seid die großartigsten Fremdenführer der Welt!« Dann nahm er uns mit zu seinem Jeep, der oben an der Straße abgestellt war. Aus dem Ablagefach holte er ein angebissenes Sandwich aus Weißbrot und Cornedbeef, eine halb volle Braunbierflasche, vier angeknickte Zigaretten, ein Päckchen Eiserne Ration mit Rosinen, Dörrpflaumen, Hartschokolade und Biskuits und einen leicht angefaulten Apfel und gab uns das alles. Es war wie Weihnachten.

Das Päckchen Präservative, das er plötzlich in der Hand hatte, legte er verlegen lächelnd unter das Sitzkissen. »Dafür seid ihr noch ein bisschen zu jung.«

»Was war denn das?«, fragte Nardo.

Köttel Schraa sagte: »Och, Luftballons für Männer.«

Der Offizier startete seinen Wagen. »Ich bringe morgen ein paar interessierte Kameraden mit. Einer ist Historiker. Ihr seid doch morgen bestimmt auch wieder da, ihr jungen Krauts, yes?«

»Aber ja!«, logen wir im Chor.

Er donnerte davon, hupte und winkte.

Wir aßen, nuckelten am Bier, zerbröselten die Kippen und die Zigaretten und liefen dann los, um Hennes Austenkämper zu beliefern. Für solch hochklassige Ware musste er uns schon ordentlich etwas abgeben aus seinen Billerbecker Fressalien-Beständen. Wir gingen nicht wieder unseren Indianerpfad, sondern nahmen die Straße, wo wir unseren neuen Ball schön vor uns her kicken konnten.

Lotte, mit der Hennes Austenkämper lebte, hatte schon Feierabend, doch die Frau Berufswäscherin machte auch zu

Hause weiter. Ihre drei Kinder standen in der Waschbütt, schreiend und voll Schaum, und wurden mit einer Wurzelbürste abgeschrubbt. »Der Hennes ist beim Schwungbein-Erwin im Garten. Verscherbelt vermutlich wieder Wertgegenstände. Der und seine verdammte Pafferei! Wer den Tabak erfunden hat, der gehört gesteinigt!«

»Das waren die Indianer«, feixte Kalla.

Schwungbein-Erwin war ehemaliger Bergmann, Frühinvalide, aber ihn hatten nicht Steinstaub- und Kohlenstaublungen arbeitsunfähig gemacht, sondern die Kettenglieder einer Fräse, die ihm das linke Knie zerschmettert hatten. Jetzt war er Wetterprophet, denn das Metallgelenk verursachte heftige Schmerzen, wenn sich ein Tiefdruckausläufer näherte. Dann konnte Erwin nicht mal mehr humpeln. Im Garten hinter dem Häuschen auf der Wittekindstraße hatte er seine Karnickelställe aufgebaut, doch weil ihm hungrige Nachbarn schon mehrmals Tiere gestohlen hatten, waren die Rammler und buntscheckigen Häsinnen inzwischen in Schwungbein-Erwins Schlafzimmer untergebracht worden. Der Garten war jedoch nach wie vor Treffpunkt für die Bergmannsclique. Es hatte mit Musik zu tun. Erwin war ein begnadeter Ziehharmonikaspieler.

An diesem Abend waren außer Hennes Austenkämper noch Taubenvadder Jupp und Czerny, der Spötter aus der siebten Sohle, bei Schwungbein-Erwin auf Saufbesuch. Sie tranken wie stets so eine Art Spiritus mit Brombeergeschmack. Taubenvadder Jupp, der nach eigenen Aussagen über die besten Brieftauben diesseits der Alpen verfügte, wurde merkwürdigerweise und ohne einsichtigen Grund auch Heringsbändiger genannt, was ihn zu Tobsuchtsanfällen verleitete. Czerny trug auch außerhalb der Grube stets seine hartlederne Knappenkappe. Er war ein Philosoph, und deshalb mochten ihn nur wenige Leute leiden. Dass solch ein dünner Ziegenbock Tag für Tag ins Bergwerk einfuhr und tief dort unten in engen Schächten und Flözen als Hauer Kohle losmachte, das hatte ich noch nie begreifen können. So ein schmächtiges Männlein! Und was für einen Mut der haben musste!

Schon allein der Gedanke daran, dass ich achthundert, neunhundert Meter in den Berg hinuntersausen müsste mit dem Förderkorb, um dann in niedrigen Gängen und Stollen herumzukriechen bei irrer Hitze, trieb mir den Angstschweiß den Rücken hinauf und hinunter. Nie im Leben würde ich mich so etwas trauen!

Schwungbein-Erwin hieb in die Tasten der Quetschkommode und sang mit markiger Baritonstimme: »Winde wehn, Schiffe gehn weit ins fremde Land, und des Matrosen allerliebster Schatz bleibt weinend stehn am Strand …«

Als ob er das Lied extra für uns ausgesucht hätte, wo wir doch mehr oder weniger fahrtbereit waren zur Reise über den Großen Teich! Wir blieben am Gartenzaun stehen und lauschten.

Nardo staunte. »Der singt ja lauter als ein Kirchenchor!«

»Der singt lauter als zehn Kirchenchöre«, sagte Pidder. »Lass den Erwin in der Kirche singen, und die Leute fallen tot um. Die meinen, dat wär dat Jüngste Gericht. Aber ehrlich.«

Schwungbein-Erwin winkte uns zu. »Na, kommt schon rüber, ihr Korinthenkacker! Habter wieder ne Tabakration für unsern süchtigen Hennes?«

Wir kletterten über den Maschendrahtzaun.

Czerny rief: »Da kommt die junge Elite der deutschen Nation! Verschachern Tabak, die Piefkes. Aber macht man, macht man! Ist immerhin besser als Marschieren und Heldenliedersingen. Helden sind immer Scheiße. Helden lösen immer Katastrophen aus.«

»Hört nicht auf den gottlosen Spötter«, sagte Schwungbein-Erwin.

Hennes Austenkämper war hingerissen, als er seine Nase in den Tabak hielt. So ein Duft war ihm neu. Was konnte er auch schon von Marihuana wissen! Seine Nüstern blähten sich, seine Augen wurden feucht vor Verzückung. Wir sagten ihm, das sei tibetanischer Tabak der Sonderklasse. Da versprach er uns als Gegenleistung einen schönen westfälischen Schinken von mindestens anderthalb Pfund und dazu zwei Pakete Pumpernickel.

»Aber auch bissken Butter!«, forderte Hotta.

»Abgemacht. Auch bissken Butter.«

Im Hinterhof nebenan schmuste Erwins Tochter Katharina nach allen Regeln der Kunst mit ihrem neuen Freund, und es machte ihr wohl gar nichts, dass alle Welt zuschauen konnte. Man konnte kaum erkennen, wo sie anfing und wo er aufhörte. Erwin strunzte immer damit, dass seine Tochter sogar Schreibmaschine schreiben könne.

»Ein Bild des Friedens!«, spottete der Spötter Czerny.

Schwungbein-Erwin intonierte die Melodie und sang dann mit Fistelstimme: »Die Lie-be, die Lie-be – ist ei-ne Hiiiimmelsmacht!«

»Blödsinn«, raunzte Czerny. »Hat mit Liebe nix zu tun. Das sind chemobiologische Prozesse. Arterhaltungstrieb, da schießen die Hormone ein. Wenn zwei Leutchen mal fuffzig

Jahre verheiratet sind und haben sich immer noch nicht gegenseitig umgebracht, dann kannze von Liebe reden.«

»Hört nicht auf den gottlosen Spötter«, sagte Schwungbein-Erwin.

»Lass mal Gott aus dem Spiel!« Czerny stibitzte sich ein bisschen von dem Tabak, den Hennes in seine Pfeife stopfte. »Gott ist der Wunschtraum der Denkfaulen. Gott ist ne Illusion. Puuuh!« Er blies unsichtbaren Dunst weg.

Da geriet Nardo in Fahrt. »So darf man nicht reden! Das ist Sünde! Gott gibt es wohl. Er sieht alles und hört alles und ist überall.«

»Amen«, sagte Czerny.

Nardo schrie: »Gott hat alles geschaffen!«

»Besonders die siebte Sohle.« Czerny sagte das leise und eigentlich überhaupt nicht spöttisch. Er schob die Knappenkappe ein wenig aus der Stirn. »Aber da hat er sich noch nie sehen lassen, da unten. Kann ich gut verstehen. Ist unheimlich tief und dunkel. Wenn der Berg knirscht, dann scheißt du dir vor Angst in den Frack. Wer da freiwillig runtergeht, der ist behämmert. Wenn ich Gott wär, blieb ich auch oben.«

»Hört nicht auf den gottlosen Spötter«, sagte Schwungbein-Erwin.

Nardo war außer sich. Köttel Schraa hielt ihn an der Lederhose fest, damit er keinen Glaubenskrieg anzettelte gegen den Spötter Czerny. Hennes verdrehte die Augen beim Rauchen, das neue Kraut schien ihn derart zu bedröhnen, dass er albern lachte. Die Liebenden befanden sich noch immer im seligen Handgemenge. Taubenvadder Jupp zog Nadel und Faden aus der Brusttasche und fing an, einen Knopf an seinem Hosenschlitz festzunähen.

Da erzählte Czerny eine wunderbare Geschichte. Wir lauschten schweigend. Dass Czerny so ernst sein konnte! Ich kannte den Lästerer kaum wieder. Niemals vorher und niemals nachher bin ich von einer Geschichte so angerührt worden. Es war die Geschichte von der blinden Stute.

Sie hatten auf der siebten Sohle eine schwere Kaltblutstute, die war nach der heiligen Barbara genannt, der Patronin der Kanoniere und der Bergleute. Sie zog die Kohleloren zum Förderschacht. Grubenpferde gab es damals überall, doch Barbara war anders als andere Pferde. Man hatte ihr einen Stall in einem Seitenstreb gebaut, ein Holzhaus tief in der Erde: Barbara kam nie mehr nach oben. Mit der Zeit war die Stute erblindet in der Dunkelheit, ihr Fell hatte sich falb verfärbt, sie hatte sich abgefunden mit diesem Zustand, sie begehrte nicht auf, war klaglos. Czerny sagte dieses Wort: Entsagungsvoll. Czerny sagte auch ohne Spott: »Sie hat den Tod überwunden, sie ist ohne Angst, von ihr geht tröstliche Ruhe aus.«

Die Männer da unten: im Stöhnen und Ächzen des durchwühlten Gebirges, im Zittern und Wimmern im Stempelholz der abgetäuten Stollen, im Rollen brechender Kohle und im Gedröhn der Hauen und Hämmer, in der Hitze und im schwarzen Staub. Die Männer liebten die Stute, die voll Geduld Tonne um Tonne zum Förderschacht schaffte. Czerny behauptete, die Stute könne sogar lächeln. Die Schichten wechselten, müde Männer taumelten aus Schächten, Stollen und Flözen, klebrig und dreckig, und drängten sich in den Förderkorb, gierig auf die Waschkauen und auf die Kneipen. Andere fuhren schweigend und ernst an. Es war ein Kommen und Gehen. Nur die blinde Stute blieb immer.

Ja, die Kumpel der siebten Sohle liebten ihre Barbara wie eine wirkliche Heilige. Sie brachten ihr das Beste aus ihren kleinen Gärten mit und teilten Margarinestullen und Kartoffelsalat aus den Sonderzuteilungen mit der Stute. Und die Stute stellte ihre Ohren auf, wenn die Männer ihr die Sorgen und Ängste zuflüsterten, wenn sie von Hunger, Krankheiten, Ehebrüchen und verletzten Herzen erzählten oder wenn sie jauchzend vom Skatgewinn, von der Nacht mit Erika und der Kirschbaumblüte in der Zechensiedlung schwärmten. Die blinde Stute tröstete mit zärtlich-weichen Lippen, duldete die Gesichter der Weinenden in ihrer Mähne, antwortete den Fröhlichen mit leisem Schnauben. »Ich schwöre«, sagte Czerny, »dass sie alles versteht, was wir ihr sagen.«

Einmal war einer durchgedreht. Brock verlor die Nerven, er arbeitete zwangsweise im Bergwerk, hielt die Angst da unten nicht aus, drehte völlig durch, als er die blinde Stute freundlich lächeln sah. Mit einem Messer ging er ihr an die Kehle. Dass er mit dem Leben davonkam, hatte er dem zufälligen Erscheinen das Reviersteigers zu verdanken, der schlug mit der Schaufel dazwischen, als Brock schon am Grubenholz baumelte und die Zunge raushängen ließ. Twardecki, der Pole, der die Schwarze Madonna von Tschenstochau verehrte, hielt Brocks Messer in der Hand, mit dem er dem Baumelnden die Eier abschneiden wollte. Brock kam mit dem Leben davon. Die blinde Stute lächelte nur.

Es war ganz still in Schwungbein-Erwins Garten, als Czerny seine Geschichte beendet hatte. In meinem Kopf war alles wirr. Ich wusste, dass ich mich niemals hinab auf die siebte Sohle trauen würde, doch ich war wie besessen von dem Wunsch, das weiche Maul der blinden Stute zu streicheln. Ich weiß heute, dass Czernys Geschichte mein Leben verändert hat. Wir gingen dann nach Hause.

Aus der Ferne hörten wir die vier Männer zur Akkordeonbegleitung singen: Schwungbein-Erwin, Czerny, Taubenvadder Jupp und Hennes Austenkämper. Ab einem bestimmten Alkoholpegel sangen sie immer miteinander ihre alten Gewerkschaftslieder. »Du Volk aus der Tiefe, du Volk aus der Nacht, vergiss nicht das Feuer, bleib auf der Wacht …«

Wir zogen Pinnchen, wer den Ball mitnehmen dürfte. Horsti gewann. Müde gingen wir auseinander. Müde lag ich dann auch im Bett, müde, doch gleichzeitig auch überwach. Ich war zu müde zum Einschlafen: So ungefähr war das. Ulla flüsterte im Schlaf. In der Küche tröpfelte ein Wasserhahn. Ich wälzte mich in quälendem Halbschlaf und war damit beschäftigt, die blinde Stute Barbara aus ihrem Verlies zu befreien. Es gelang mir aber nicht, weil das Pferd da in der Tiefe so weit entfernt war von mir. Raubritter von der Isenburg und englische Soldaten liefen mir dauernd in den Weg. Ich dachte: Ich kann dich nicht befreien, du blindes Pferd! Da musste ich weinen. Die Stute lächelte. Ich wusste ja von Czerny, dass sie lächeln konnte.

9 Die Rache

Kirmes kam in unseren Stadtteil. Auf dem Aschenplatz bei der Rüttenscheider Eisenbahnbrücke wurde aufgebaut. Wir halfen als Handlanger mit und bekamen haufenweise Freikarten dafür. Ein Karussell: Die Pfeifen des Orchestrions waren zwar verstimmt, manchem der schön geschnitzten Holzfigürchen fehlte der Stab, dieses und jenes Pferd hatte keinen Kopf, aber es funktionierte, bunt und kristallen und silbern zitterten die Spiegelchen und Pailletten, wenn sich im fröhlichen Rumtata Feuerwehrautochen, Motorräder in Kurvenlage, feurige Rösser und kreischende Leute drehten. An der Raupe standen die Liebesleute vor allem Schlange, denn wenn sich das Verdeck beim Höchsttempo über die Fahrgäste stülpte, sorgte die Zentrifugalkraft dafür, dass man sich herrlich auf die Pelle rückte. Wehende Röcke und ängstliches Gejauchze beim Kettenkarussell, Operettenmelodien stimulierten die kühnen Flieger.

Wassereis konnte man kaufen, eine grünliche Masse auch, die Türkischer Honig genannt wurde, und Zuckerwatte, die nach Hottas Meinung aus gekochten Schimmelhaaren bestand. Egal, alle schluckten das Zeug. Luftgewehre waren verboten, darum musste man mit Pfeilen nach den Stielen der Papierblumen werfen. An den Schnickschnack-Ständen wurden Lose verkauft, und es gab blecherne Hüpfefrösche, Luftballons, Plüschteddys und Papiertröten zu gewinnen, deren Schnecken sich ausrollten, wenn man fest genug pustete. Die Hauptgewinne – richtige Seidenstrümpfe und Krawatten – wurden nur aus Reklamegründen gezeigt, denn die gewann niemand.

Wir tobten uns vor allem an den Schiffschaukeln aus und arbeiteten uns so in Schwung, dass wir kopfüber in der Luft standen, und hörten erst auf, als unsere Freikarten verbraucht waren und uns die Mägen schier aus den Hälsen hingen. Horsti schüttete seine Eisportionen hinter einem Wohnwagen wieder aus.

Es ging nicht überall fröhlich zu. Stenzengruppen, alle in dunkelblauen Marinehosen mit weitem Schlag und mit Ledermanschetten an den Handgelenken, trugen wüste Schlägereien aus, da floss Blut, da knickten Nasenbeine, da rissen sie sich gegenseitig Büschel aus dem pomadisierten Langhaar. Als ein paar junge englische Soldaten kamen, um sich ein bisschen zu vergnügen, hatten die Kampfgockel einen neuen Feind entdeckt. Sie grölten das Deutschlandlied und das Horst-Wessel-Lied und brüllten mit erhobenen Fäusten den Gesang von den »Bomben auf Engeland, ahoi!«, weil in ihren dumpfen Schädeln offenbar noch immer Krieg herrschte. Militärpolizisten schossen zur Warnung in die Luft, Menschen warfen sich auf die Erde, Polizisten schleppten die Schläger zu den grünen Minnas. Dann ging es weiter mit der allgemeinen Fröhlichkeit.

Wir schlenderten hinter ein paar giggelnden Mädchen her, denen wir mit unseren Kunststücken in den Schiffschaukeln eindeutig imponiert hatten, doch auf flacher Erde wirkte unsere Ausstrahlung wohl nicht mehr, denn die ließen uns reichlich kratzbürstig abblitzen.

»Pissnelken!«, rief Köttel Schraa ihnen nach.

»Schnullerbübchen!«, gaben sie zurück.

»Wie finde ich das denn?«, sagte Kalla plötzlich und zeigte zum Hau-den-Lukas hinüber. »Ulmenhofbanditen!«

Einer, den sie Tonne nannten, schwang den Hammer, schaffte es aber nicht, das Gerät zum Klingeln zu bringen. Die anderen zwei klatschten höhnisch Applaus. Beim nächsten Versuch hatte Tonne aber Erfolg. Die geschminkten Mädchen schienen auch zur Bande zu gehören.

»Und unser lieber Freund ist auch dabei«, schnaubte Hotta.

Da sah ich ihn auch. Langen Raddatsch! Wir hatten uns also nicht geirrt. Er war jetzt einer von ihnen. Mich machte es vor allem wütend, dass sich ein Mädchen bei ihm eingehängt hatte, und zu allem Elend war das Mädchen nicht einmal potthässlich, sondern ausgesprochen hübsch und hatte langes rotes Haar.

»Zurück!«, befahl der Häuptling. »Langen Raddatsch darf nicht wissen, dass wir ihn bei den Ulmenhofbanditen gesehen haben. Dat Ärschken kochen wir noch auf kleiner Flamme, aber so richtig lecker.«

Es war für uns nicht schwer, im Menschengewimmel zu verschwinden, der Kirmesplatz war ein einziges Gewoge vergnügter Menschen. Pidder wollte sich im Zelt der Wahrsagerin zwar noch aus der Hand lesen lassen, doch wir machten ihm klar, dass wir ihm auch seine finstere Zukunft darlegen könnten. Außerdem war Mechtild eine begabte Hellseherin, die uns kostenlos die Karten legte, wenn wir sie nur schön artig darum baten.

Beim Blumenstand, wo es kleine Sträuße und Topfgeranien zu kaufen gab, trafen wir auf Frau Spürkel. Ihr gehörte die Heißmangel im Untergeschoss der Gastwirtschaft Brenner. Frau Spürkel trug ein Hütchen mit Schleier und stank nach Schweiß und Kölnischwasser und schaute ihrem Mann nach, der einer Baracke zustrebte, über deren Tür in Frakturbuchstaben »Männerabort« stand. Als sie uns sah, griff sie mit beiden Händen zu und erwischte Nardo und Hotta.

»Das trifft sich aber gut! Jungs, ich muss unbedingt mit euch sprechen. Habt ihr mal ne Sekunde Zeit?«

»Ein-und-zwan-zig«, sagte Köttel Schraa. »Das war ne Sekunde.«

»Mal ganz im Ernst.« Frau Spürkel tat verschwörerisch. »Ich hab gehört, ihr seid ganz scharf auf ein paar Fahrräder. Stimmt's?«

»Kann man wohl sagen«, sagte Kalla.

»Haben Sie etwa eins für uns?«, fragte Horsti.

»Kommt drauf an.«

Ich merkte, die Sache hatte einen Haken. »Worauf kommt's denn an?«

»Ob ihr mir ne Nähmaschine besorgen könnt, darauf kommt es an. Ich hab von Herrn Musial gehört, dass ihr schon mehrmals sehr brauchbare Gegenstände aus den Trümmern geholt habt. Es könnte ja vielleicht mal eine Nähmaschine sein. Eine intakte natürlich! Da kämen wir ins Geschäft. Ihr besorgt mir eine Nähmaschine, und als Gegenleistung bekommt ihr von mir ein sehr gut erhaltenes Fahrrad mit Luftpumpe und Werkzeugtasche. Ist das ein Angebot?«

»Also, im Moment...« Kalla kam nicht weiter.

»Pscht!« Frau Spürkel hob den Finger an den Mund. »Muss mein Mann nicht wissen, was wir hier reden. Ihr wisst also Bescheid?«

Der Pinkler kam zurück, wir zogen weiter. Die Kirmesmusik verfolgte uns noch kilometerweit. Die Straßen waren fast leer. Anscheinend drängelten sich an diesem Samstagabend alle Leute um die Karussells und Buden und Glückslosverkäufer.

Wann hatte es auch zuletzt eine Kirmes gegeben! Wir trabten durch den Wald zum Stauwehr hinunter, rissen uns die Sachen vom Leib und hüpften bei unserer Spezialstelle ins Wasser. Auf der Ruhr blinkte goldenes Abendlicht.

Als Kalla nach langem Streckentauchen prustend hochschoss, hielt er uns die Finger zum Siegeszeichen entgegen. »Ich hab die Idee!«

Am Ufer erklärte er uns seinen Plan. Wenn Fettauge Marquart auch keine Fahrräder in seinem Warenlager habe, so horte er dort aber unter Garantie ein paar Nähmaschinen. »Mit Fahrrädern können die Leute selber zum Hamstern los, das ist logisch. Aber nehmt mal ne Nähmaschine in der Eisenbahn mit, um sie auf dem platten Land zu verhökern, na! So 'ne Klamotten bringt man zum Schieber. Ich geh jede Wette ein, dass wir bei Fettauge fündig werden. Wer hält dagegen?«

»Ist aber ne verflucht gefährliche Tour.« Köttel Schraa legte das Kinn in die Handfläche und zog eine Grimasse, die das ausdrückte, was wir alle spürten: Schiss.

»Gefährlich?« Kalla spuckte verächtlich aus. »In den Indianersprachen kommt dieses Wort überhaupt nicht vor. Außerdem sind wir die Einzigen, die den Weg kennen.«

»Also, wann?«, fragte Hotta.

»Bei Morgengrauen. Punkt sechs. Wir treffen uns bei der Lok.«

Auf dem Heimweg machten wir uns mit grimmigen Gesängen Mut.

Was wir vorhatten, war gefährlich, auch wenn wir den Weg zu Fettauges Warenlager kannten, und zwar den geheimen Weg. Wir hatten es bisher auch nur ein einziges Mal gewagt, auf diese Weise in das Gelände des Großschiebers einzudringen, das durch Stacheldrahtverhaue und eine Alarmanlage gesichert war. Zum einen musste man nämlich Kopf und Kragen riskieren, zum anderen musste man mit Marquart und seinen Gorillas rechnen, die erst brutal zuschlugen und dann

Fragen stellten. Dass immer zwei oder drei von diesen Kleiderschranktypen im Bürohaus übernachteten, wussten wir. Da lagerten ja riesige Werte auf dem Gelände.

Ich schlief kaum in der Nacht. Immer wieder schreckte ich hoch und war mir ganz sicher, dass ich die Zeit verschlafen hätte, doch dann waren seit dem letzten Blick auf den Wecker mit den phosphoreszierenden Ziffern jeweils nur Minuten vergangen. Viel zu früh schlüpfte ich aus dem Bett, spritzte mir am Spülbecken in der Küche ein paar Tropfen Wasser ins Gesicht und ließ dann die Klospülung übermäßig orgeln, weil dieser Lärm die Geräusche übertönte, die ich bei meinem heimlichen Abgang verursachte. Die Holzstufen im Treppenhaus jankten erbärmlich. Das Haustürschloss krachte geradezu, als ich den großen Schlüssel drehte. In dieser Morgenstille wurde selbst das kleinste Knacken zum Donnergetöse. Trotzdem erreichte ich unbemerkt die Straße, die menschenleer war und zugig kühl. Geringe Unterschiede nur in den Grautönen, konturlos und flächig Fassaden, Mauern und Trümmerberge. Es war nur eine fahle Spur von Helligkeit, die ankündigte, dass die Nacht zu Ende ging. Ich wusste, dass ich zu früh dran war. Zähneklappern von der Unausgeschlafenheit und der Zugluft: Ich drehte mehrere Ehrenrunden um den Häuserblock im Zockeltrab.

Ich lief über die Rüttenscheider Brücke und ließ mich in der Wittekindstraße von der Akazie aus zur Bruchsteinmauer hinabgleiten. Diesen Abstieg nahmen wir immer, wenn wir zur Gleisanlage hinunterwollten. Ich konnte die Uhr am Rangierbahnhof erkennen. Noch Zeit satt! Kein Mensch war zu sehen. Da spurtete ich gebückt über die Schienen zur ausgebrannten Dampflok am Ende des alten Güterbahnhofs. Kalla und Pidder waren schon da und wärmten sich an einer Zigarettenkippe. Die Glut leuchtete auf, wenn einer von ihnen vorsichtig zog.

»Ich hab mich gar nicht erst hingelegt«, sagte Pidder.

Kalla hatte sich ein Seil wie ein Lasso um Brust und Schulter geschlungen. »Es muss schnell gehen, nur darauf kommt's an. Dass man bloß alle pünktlich sind!«

Dieser frühe Sonntagmorgen war genau richtig für unseren Beutezug. Es war hell genug, dass wir keine Taschenlampe brauchten, und an so einem Tag schliefen sich die Leute aus. Aber wir durften keine Zeit verlieren. Horsti und Köttel Schraa erschienen dann gemeinsam. Hotta kam mit Verspätung, er hatte schlicht verpennt.

»Nardo Maria, du Arsch! Warum kommst du nicht?« Kalla machte Schattenboxen. »Ich zähl bis hundert. Wenn er dann nicht da ist …«

Nardo war wichtig bei diesem Plan. Er war mit Abstand der Leichteste von uns, darum wollten wir ihn abseilen. Kalla war ungefähr bei siebenundsiebzig angekommen, als Nardo über die Gleise gehetzt kam und sich im Schatten der Lok hinkauerte, um zu Atem zu kommen.

»Ich … ich hatte Schwierigkeiten«, keuchte er. »Mein Opa war schon auf. Der geht immer zur Frühmesse. Und da musste ich warten …«

»Schnauze!«, sagte Kalla. »Es geht los. Schorsch und Hotta holen das Brett. Pidder und ich machen uns rüber. Wenn wir auf dem Dach sind, kommt Nardo nach.« Er fasste Nardo bei den Lederhosenträgern. »Haste Schiss?«

»Klar«, sagte Nardo, »und wie. Aber ich mach's trotzdem.«

»Zieh die Lederhose aus!«, befahl Kalla. »Die ist zu sperrig.

Und die Sandalen – weg damit! Du musst so dünn und so leicht wie möglich sein. Es liegt jetzt alles an dir.«

Vorsichtig turnten die anderen am Bauch der rostigen Lokomotive hoch. Das Eisen brummte leise unter ihren Griffen und Tritten. Zwischen Schornstein und Dampfpfeife kauerten sie sich hin. Hotta und ich zogen das lange Gerüstbrett aus dem Brennnesselgestrüpp, verbrannten uns natürlich wie verrückt Hände und Knie, schleppten dann das Brett zur Lok hinüber und stemmten es vorsichtig hoch. Horsti und Köttel Schraa zogen von oben. Mit vereinten Kräften schoben alle, die auf der Lok saßen, die Bohle nun Zentimeter für Zentimeter zum Flachdach von Marquarts Warenschuppen hinüber. Dies war einer der gefährlichen Augenblicke. Wenn sie das Brett nicht mehr halten konnten oder wenn es ihnen aus den Händen rutschte und nach unten schlug, würde es sofort die Drähte der Alarmanlage berühren. Dann wäre der Plan zum Teufel. Wir könnten dann nur noch die Flucht ergreifen. Nur wenn das Brett sauber von der Lok aus waagerecht zum Dach geschoben wurde, hatten wir eine Chance. Die Gerüstbohle war schwer. Ich hörte die Indianer über mir keuchen.

»Jetzt!«, zischte Kalla.

Ich vernahm den dumpfen Knall, als die Brettspitze auf dem Teerpappebelag des Daches aufschlug. Dann ging alles sehr rasch. Kalla rutschte auf dem Bauch über das ungefähr acht Meter lange Brett, das heftig vibrierte und unter Kallas Gewicht gefährlich durchhing. Kalla hatte das Seil bei sich und zog sich in kleinen rhythmischen Zügen vorwärts. Als er drüben auf dem Dach war, folgte ihm Pidder.

Aber jetzt Nardo!

Der schafft das nie!, dachte ich.

Doch das dünne Kerlchen in der Unterhose schaffte es. Auf Knien und Unterarmen robbte Nardo atemberaubend schnell das schmale Brett entlang und wurde von Pidder in Empfang genommen. Wir lauschten angestrengt. Auf Fettauges Gelände schien alles ruhig zu sein. Weiter also!

Gemeinsam stemmten die drei auf dem Dach das Lüftungsfenster hoch. Kalla band Nardo das Seil wie ein Hundegeschirr um Brust und Schultern. Dann stieg Nardo über den Rand des Fensterschachtes. Er starrte in die Tiefe, die Angst war ihm auch auf die Entfernung anzusehen, aber tapfer gab er das Zeichen, als er sich gleiten ließ. Kalla seilte ihn gekonnt wie ein alter Bergsteiger ab.

Köttel Schraa und Horsti oben auf dem Rücken der Lokomotive und Hotta und ich unten bei den Pleuelstangen, wir konnten nur an Kallas und Pidders Gesichtern erkennen, dass Nardo offenbar gut in der Lagerhalle gelandet war und nun dort herumsuchte. Kallas angespannte Backenknochen, die schwarze Mähne hing ihm in die Stirn: ganz Indianerhäuptling bei tollkühner Tat. Pidder gestikulierte und schien Nardo in eine bestimmte Richtung zu dirigieren. Es war jetzt taghell.

Dann geriet drüben das Seil in Bewegung. Kalla und Pidder zogen angestrengt und konzentriert. Jetzt sahen wir das Schwungrad, den braunen Kasten, das Tretgestell. Am liebsten hätte ich laut gejubelt. Behutsam und nur ganz wenig anstoßend hievten sie die Nähmaschine auf das Dach. Sie lösten das Seil, ließen es wieder hinunter und holten Nardo herauf. Das war leichter, der wog nicht so viel wie die Maschine.

Die dritte gefährliche Phase: Kalla und Pidder legten die Nähmaschine flach auf das Brett. Sie mussten sich mächtig anstrengen. Pidder prüfte noch einmal, ob das Gerät auch wirklich ausgewogen auf der Bohle lag, dann gab er Kalla das Handzeichen. Wir alle wussten, dass das Spiel aus war, wenn Kalla jetzt versagte. Schleuderte er das Seil nicht genau genug, sodass es nicht bei Köttel Schraa und Horsti ankam, sondern zwischen Lagerhalle und Lokomotive in die Tiefe fiel, dann würden gleich die Sirenen schrillen, dann saßen die drei auf dem Dach in der Falle. Wir hielten den Atem an.

Kalla ließ das Seil wie ein Cowboy wirbeln, das lose Ende schnellte zur Lok hinüber, Köttel Schraa griff zu.

Geschafft!

Aber jetzt – jetzt galt es, millimeterweise die Nähmaschine über das Brett zu ziehen. Ein falscher Ruck, und das Ding geriet aus dem Gleichgewicht. Und dann: Gute Nacht! Horsti und Köttel Schraa zogen. Kalla gab von der anderen Seite aus mit heftigen Zeichen seine Anweisungen. Schweiß lief mir in die Augen, obwohl ich doch noch ganz untätig war. Ich betete: Lieber Gott, wenn es dich wirklich gibt, dann mach jetzt, dass es uns gelingt, ohne Schaden an Leib und Seele die Nähmaschine zu stehlen! – Wahrscheinlich hat niemals jemand inbrünstiger gebetet.

»Schorsch, pennst du?«, zischelte auf einmal Köttel Schraa über mir.

Bei Gott, sie hatten die Nähmaschine! Hotta und ich reckten die Arme hoch. Langsam ließen Horsti und Köttel die schwere Maschine zu uns hinunter.

Hotta strahlte. »Wir haben sie!«

Nardo, Pidder und Kalla kamen über das Brett gerobbt. Kalla zuletzt, klar, Ehrensache für einen Häuptling. Sie waren schier kaputt von der Anstrengung, darum stiegen Hotta und ich auf die Lok hinauf, um zusammen mit Horsti und Köttel

Schraa das Gerüstbrett einzuholen. Nur nicht zum Schluss noch versagen!

Wir schafften es! Wir schafften es!

Wir schleppten die Beute wie einen Sarg auf den Schultern über die Gleisanlage hinweg und verschwanden in den Büschen. Pidder hatte eine Plane besorgt, damit verhüllten wir die Nähmaschine. Ein paar Leute, die so früh schon durch die Straßen gingen, schauten uns argwöhnisch nach. Sollten sie doch! Auf Umwegen liefen wir zu unserem Versteck in den Trümmern und wuchteten mit letzter Energie die Nähmaschine über die Leiter zum Pueblo hinauf. Dort konnte sie niemand sehen.

»Tolles Gefühl«, sagte Nardo.

Hotta schlug ihm anerkennend auf die Schulter. »Du warst astrein!«

»Dass er gleich die richtige Nähmaschine gegrapscht hat!« Auch Kalla lobte den dünnen Nardo. »Da waren noch zwei andere, die hätten wir aber nicht durch die Deckenöffnung gekriegt.«

Nardo strahlte vor Stolz. Ich sah, dass er sich in der Eile die Träger der Lederhose falsch geknöpft hatte, doch das trübte das Bild kein bisschen. Unser siebter Schwarzfußindianer brauchte wirklich keine Mutprobe mehr abzulegen.

»Ehrensache, dass keiner über die Beute redet?«, fragte Kalla.

»Ehrensache!«, murmelten wir.

Kalla erklärte, dass wir die Maschine vorläufig im Versteck lassen müssten, bis Gras über die Sache gewachsen sei. »Logisch, dass Fettauge Marquart nach dem Apparat suchen lässt. Aber in zwei, drei Wochen kräht kein Hahn mehr danach.

Dann tauschen wir mit der ollen Spürkel, und dann haben wir ein Fahrrad mehr.«

»Wir kommen ganz schön voran«, sagte Hotta.

»Und wenn Langen Raddatsch anbeißt …« Köttel Schraa grinste so breit, dass er wie ein Schimpanse aussah.

»Was jetzt?«, fragte Nardo und rieb die Gläser seiner Brille mit dem Hemdzipfel sauber. »Eigentlich muss ich jetzt in die Kirche.«

»Da gehn wir alle hin!«, entschied Kalla. »Wir müssen uns unter die Leute mischen. Bloß nicht auffällig benehmen, ihr Männer!«

Bis auf Hotta gingen wir dann alle sauber gewaschen in die Neun-Uhr-Messe. Ich sang mit voller Lautstärke »Großer Gott, wir loben dich …«

Um elf Uhr ging es auf der Kirmes wieder los. Wir trafen Langen Raddatsch, wie wir es erwartet hatten. Er tat so, als sei das Zufall. Doch wir hatten ihn enttarnt; er konnte ja nicht wissen, dass wir ihn bei den Ulmenhofbanditen gesehen hatten. Natürlich war er, wie Kalla vermutet hatte, auf uns angesetzt worden. Die wollten erfahren, wo wir unser Geheimversteck hatten, die waren auf Plündern und Zerstören aus. Überall, vor allem vor den Mädchen, hatten sie ja damit geprahlt, dass sie unsere Bande kaputtmachen würden. Das Wort, das sie gesagt hatten, hatten wir uns gut gemerkt – ausrotten.

Langen Raddatsch fuhr mit dem kleinen Finger den Mittelscheitel ab und prüfte die Akkuratesse der Furche. Wie üblich hatte er sich mit viel Wasser gekämmt.

»Na, was habt ihr denn so vor mit eurer Bande? Plant ihr mal wieder so 'n tolles Ding?«

Wir schauten uns gegenseitig ein bisschen verschwörerisch an und hatten geradezu theatralisch die Frage im Gesicht: Ob wir ihn wohl in unsere geheimen Pläne einweihen dürfen?

Langen Raddatsch, der Halbseidene! Als wir unsere Bande gründeten, war er eines Tages auf dem Schulhof zu Hotta und mir gekommen und hatte gemeint, unsere Bande brauche doch einen Führer, er wolle das sein. Wir haben ihn ausgelacht. Die Zeit für Führer sei endgültig vorbei. Doch immer wieder hatte er in späterer Zeit versucht, sich bei uns einzuschmeicheln. Es hatte uns aber nicht gefallen, dass er uns den großen Aufklärer vorspielen wollte, vor unseren Augen seinen steifen Pimmel aus der Hose zog und verkündete, er werde nun Sperma verspritzen, um uns zu beweisen, dass darin die kleinen Kinder zu sehen seien, und eine Lupe habe er auch mitgebracht. Sein Imponiergehabe ekelte uns an. Wir bedrohten seine Weichtelle mit Brennnesseln, da flüchtete er.

Später versuchte er es wieder. Vom ersten Stock der ausgebrannten Apotheke aus konnte man ins Schlafzimmer der Mauermanns schauen. Er war Zahnarzt und verließ schon früh die Wohnung. Sie stand später auf und machte dann, nur mit einem seltsamen rosa Mieder bekleidet, Verrenkungen vor dem großen Spiegel. Langen Raddatsch tuschelte uns zu, das sei Reizwäsche, davon würden Männer scharf und darum habe er uns auch dieses Schauspiel geboten, aber nun wolle er auch sehen, ob wir schon Männer seien. »Hosenställe auf!«, befahl er. Wir drohten ihm aber Senge an. Wir konnten es einfach nicht ausstehen, dass er sich so an uns heranmachte. Der gehörte nicht zu uns! Dem war das Grinsen im Gesicht festgefroren. Schlimm war damals nur, dass Frau Mauermann unsere Gesichter im Spiegel gesehen hatte. Pidder hatte sie erkannt, den schwärzte sie dann beim Rektor an. Weil Pidder uns andere nicht verraten wollte, gabs die dreifache Dresche.

Langen Raddatsch wollte jetzt also unsere Pläne wissen?

Prima, die konnte er erfahren! Der Blödian ging uns auf den Leim und fiel total rein auf unseren großen Bluff.

»Solln wir es ihm wirklich sagen?«, fragte Hotta.

»Kann Langen Raddatsch denn schweigen wie so 'n Grab?«, fragte Horsti.

»Ob der auch nix durchsickern lässt?«, fragte Köttel Schraa.

Langen Raddatsch tat empört. »Hört mal, ihr kennt mich doch!«

»Jau«, sagte Kalla, »da ist was dran. Also, wir kennen Langen Raddatsch schon lange. Der ist ja fast schon einer von uns. Von mir aus können wir's ihm verraten.«

Also weihten wir ihn in den Plan ein. Abendlicher Beutezug durch Fettauge Marquarts Warenbestände. Bei einem Schieber brauche man keine Schuldgefühle zu haben. Nach sieben Uhr am Abend sei keiner mehr von seinen Leuten auf dem Gelände, man dürfe eben nur keinen Lärm machen.

»Wie wollt ihr denn da reinkommen?«, fragte Langen Raddatsch.

»Einfach über das Tor klettern.« Kalla spielte das sehr gut. Er tat so, als könne er Langen Raddatschs Frage gar nicht verstehen.

»Schön meschugge!« Langen Raddatsch tippte sich an die Stirn. »Und was ist mit der Alarmanlage?«

»Er hat's nicht kapiert«, lachte Kalla, »Langen Raddatsch hat den Trick nicht kapiert!« Kalla schaute sich um, ob auch wirklich kein Fremder zuhörte. »Mensch, Langen! Ich sag nur: Stromsperre! Sieben Uhr bis acht Uhr ist alltags Stromsperre. Wat biste denn für 'n Schlafwagen!«

Langen Raddatsch stieß einen Pfiff aus. »Ihr meint …«

»Genau, meinen wir.« Köttel Schraa befummelte die Narbe an seiner Nase und schielte dabei entsetzlich. »Kann mir mal jemand erklären, wie bei Stromsperre so ne elektrische Alarmanlage funktionieren soll?«

Wir lachten alle.

»Wann wollt ihr's machen?« Langen Raddatsch war jetzt ganz Ohr.

»Am Dienstag«, sagte ich.

»Nicht morgen schon?«

Pidder schüttelte entschieden den Kopf. »Morgen Abend haben wir Messdienerunterricht. Wir haben uns nämlich alle bei den Messdienern angemeldet. Dienstag reicht. Die Sache läuft uns ja nicht weg.«

Langen Raddatsch, der Wichtigtuer, ging ziemlich plötzlich. »Na dann. Wie gesagt, von mir erfährt kein Mensch auch nur ein Sterbenswort. Könnt ihr Gift drauf nehmen. Also, lasst euch was! Ich halt euch sämtliche Daumen.«

»Angebissen«, flüsterte Köttel Schraa fröhlich.

Kalla wiegte den Kopf. »Wird sich zeigen. Gehn wir noch so 'n bissken auf die Kirmes? Letzter Tag. Müssen wir ausnützen.«

Bei Oeppings Schiffschaukel kannten sie uns ja, darum durften wir beim Kartenkontrollieren helfen, und wenn eine

Schaukel nicht besetzt war beim Lösen der Bremsen, sprangen zwei von uns hinein und schaukelten, was das Zeug hergab. Wir waren in überschäumender Laune.

Nardo ging als Erster nach Hause, weil er vom Türkischen Honig Dünnflitsch gekriegt hatte. Mir wurde es dann auch noch ein wenig mulmig in der Magengrube, das kam eindeutig von der Schaukelei. Trotzdem langte ich beim Abendessen mächtig zu, denn es gab Steckrüben und Möhren, schön durcheinander gekocht mit etwas Fett, und dazu bekam jeder eine dicke Scheibe Grützwurst. Wir hatten ja auch einen Grund zu feiern. Beim kruppschen Lokomotiv-Bau hatte man nicht nur die Demontage eingestellt, sondern man begann bereits, die gerade erst zerlegten Maschinen wieder aufzubauen. Mein Vater hatte seinen Arbeitsvertrag in der Tasche. Ulla hatte zu diesem Anlass ein Gedicht verfasst, das hörte ich mir aber nicht an.

Es kam in jenen Zeiten des Neuanfangs darauf an, schneller zu sein als die anderen. Der Wettkampf jeder gegen jeden: Das begann schon damals. Erster zu sein in der Schlange vor dem Gemüsegeschäft, zu den Gewitzten zu gehören im Entnazifizierungsprozess, vor den anderen eine Handelslizenz zu ergattern, zur richtigen Zeit am richtigen Ort für eine Arbeitsstelle anzustehen, vor der rivalisierenden Bande beim Beutezug zuzuschlagen – darum ging es in diesen wölfischen Zeiten. Mit hängender Zunge würde Langen Raddatsch zu den Ulmenhofbanditen gerannt sein, um ihnen die Nachricht zu überbringen. Wir waren uns unserer Sache sicher.

Und so lagen wir am Montagabend schon früh auf der Druckereimauer und warteten. Es war entsetzlich heiß, wir verbrannten uns fast die Haut. Aber wir wollten uns das Schauspiel nicht entgehen lassen. Der Tag der Rache! Von hier oben hatten wir den Blick frei zum Güterbahnhofgelände schräg unter uns. Das geschäftige Treiben auf Fettauge Marquarts

Warenumschlagsplatz ebbte ab, das Tor zur Halle wurde verriegelt, die Männer machten Feierabend. Einmal sahen wir auch den schnieken Marquart mit seiner geschmückten Bürofrau, als die beiden den Hof querten und im Chefbüro verschwanden, das nur von außen wie eine gammlige Garage aussah.

Sieben Uhr am Abend! Die Stunde der Stromsperre wurde überall in der Stadt durch einen Sirenenton angekündigt. Elektrischer Strom musste rationiert werden. Aber galt das auch für einen wie Fettauge Marquart? Für den doch nicht! Der hatte seinen eigenen Stromgenerator. Wir wussten das. Die Ulmenhofbanditen wussten es nicht.

Dann kamen sie und gingen in die Falle. Sie waren zu fünft, wenn man Langen Raddatsch nicht mitzählte. Der kam zwar mit ihnen über die Rangieranlage geschlichen, kletterte aber nicht mit ihnen über das Metalltor, sondern war offensichtlich zum Schmierestehen eingeteilt. Sie waren kaum drüben, da jaulten die Alarmaggregate auf. Wir sahen die Hände der Ulmenhofbanditen über der Toreinfassung, doch sie griffen ins Leere, keine Aussicht mehr zur Flucht. Nur Langen Raddatsch konnte weglaufen, aber es nützte ihm ja nichts, denn seine Kumpane würden ihn überall finden. Hatte er sie nicht angestachelt zu diesem fatalen Beutezug?

Wir konnten nicht sehen, was sich unmittelbar hinter dem Eisentor abspielte, aber wir konnten alles hören. Gebrüll von Männern, Hilfeschreie von Ulmenhofbanditen, schwere Schläge und Gewimmer, das Tor wackelte, Metall dröhnte.

Dann hetzte einer der Ulmenhofbanditen über den Hof, doch er konnte nicht entkommen, weil die Mauer am anderen Ende viel zu hoch war. Sie bezogen alle fürchterliche Prügel. Fettauge Marquart erschien kurz an der Bürotür und rief seinen Männern etwas zu. Er war dann nicht mehr zu sehen. Kurze Zeit später fuhr ein Polizeiauto vor. Fettauge Marquart gehörte ja auch zu denen, die schon über einen Telefonanschluss verfügten. Einbruch: Da ließ man rasch die Polizei kommen und mimte den biederen Geschäftsmann, der um sein Eigentum fürchtete. Eine Nähmaschine war ja schon gestohlen worden …

Unsere Rache! Wir hielten uns die Bäuche vor jubelndem Gelächter. Wir lachten noch, als wir uns längst in unsere Trümmerberge zurückgezogen hatten, und dem Zittermann, der zu seinem Abendgang erschien, erzählten wir übersprudelnd die Geschichte unseres Triumphes.

Zitternd hörte der Zittermann zu. Dann sagte er leise: »Denunzianten! Ihr seid verkommene Denunzianten und Verräter. Pack, schadenfrohes Pack! Ihr habt nichts aus dem Krieg gelernt, nichts. Keiner hat was aus dem Krieg gelernt, alles geht weiter.« Er spuckte vor uns aus. »Ich verachte euch!«

Wir waren wie gelähmt.

Danach hat der Zittermann niemals wieder mit einem von uns auch nur ein einziges Wort gesprochen.

10 Der Tod

Ollen Musials Klüngelskerlflöte dudelte in der Ferne. Horsti zerquetschte unseren Lakritzenrest zwischen Marmorscherben und bröckelte ihn in die Flasche. Es schäumte bräunlich, als er schüttelte.

»Jede Wette, dass Musial sich die Steine untern Nagel gerissen hat, die die Polenteheinis beschlagnahmt haben. Wir blöden Säue malochen, und so einer sackt ein.« Kalla zerschlug mit der Handkante ein Brett, das links und rechts auf Ziegelsteinen aufgelegen hatte. Er schaffte das als Einziger von uns.

»Und unsere Werkzeuge sind auch futsch«, sagte Nardo.

Ich dachte an den Gelben und sagte: »Bestimmt hat Musial mit dem Polypen halbe-halbe gemacht. Kennt man doch, dieses Gesocks. Stecken alle unter einer Decke, die Strolche. Wenn Musial den Polizisten auf uns angesetzt hätte, würd mich das auch nicht wundern. Mich wundert überhaupt gar nix mehr. Ich könnt die Brüder stundenlang …«

Das Geknötter des Motors übertönte alles. Ollen Musial hatte sein dreirädriges Tempo-Auto bekommen. Eine Schrottschleuder zwar, aber die Karre fuhr von selbst, da mussten nicht wieder Männer ziehen und schieben. Die Farbe war nicht eindeutig auszumachen, denn es gab von Tiefblau bis Babyrosa ungefähr jeden Farbton, auch Schwarz, Teer wahrscheinlich.

Vielleicht hielt die Farbe das Auto zusammen. Die überbreite Ladefläche war bis zum Gehtnichtmehr voll: auch verbeulte Badewannen, rostige Gasherde und Lumpenberge, doch vor allem intakte Gebrauchsgegenstände vom Ofenrohr bis zur Küchenwaage und außerdem wertvolles Buntmetall.

Ollen Musial stellte den Motor ab und pfiff einen Triller auf der Blechflöte. Er ahnte wohl, dass wir in der Nähe waren, er kannte ja seit langem unsere Jagdgefilde.

»Was liegt an?«, rief Kalla.

»Ich muss mit euch reden!«

»Wir schicken einen Emissär!« Kalla zeigte auf mich. »Los, Singender Pfeil, quatsch du mit ihm. Aber lass dich nicht einseifen.«

Ich turnte die Leiter hinunter. Musial war ausgestiegen und lehnte an der spitzen Schnauze des Dreiradautos. Er war frisch rasiert und duftete nach irgendetwas Süßlichem.

»Fällt dir was auf?«, fragte er und zeigte auf die Ladefläche.

»Wir haben es schon gesehen. Alles ne Nummer besser.«

»Du sagst es, Schorsch. Ich habe mich mit Herrn Marquart arrangiert, wenn du verstehst, was ich meine.«

»Ich verstehe es, ich seh nämlich nur so doof aus.«

Ollen Musial kicherte wie ein heiserer Hahn. »Gut gebrüllt, Löwe! Also, die Lage ist klar. Herr Marquart macht nur noch in Großhandel, ich übernehme ab sofort sein Revier. Das heißt für euch: Alles bei Musial abliefern, was ihr so ausbuddelt. Wir haben uns verstanden? Das gilt auch für die Preziosen.«

»Wat für 'n Zeugs?«

»Ha! Siehst nicht bloß doof aus, Schorsch! Bist auch doof.«

Ich sagte: »Ich kann die Verhandlung jederzeit abbrechen.«

»Hui, wie feierlich! Nu mach dir mal nicht gleich in die Buxe. Preziosen sind Kostbarkeiten. Schmuck, Edelsteine, teure Perlen. Siehste, beim Ollen Musial kannste noch was lernen. Und jetzt geb ich dir und deinen Genossen noch einen prima Tipp. Sperr deine Löffel mal ganz weit auf! In der Ballhausen-Villa soll es erhaltene Kellergewölbe geben. Hat mir ein Vögelchen gezwitschert.«

»Kapiert. Wo sind unsere gekloppten Ziegelsteine geblieben?«

»Sind in guten Händen, Junge.«

»Die waren mindestens ein halbes Fahrrad wert.«

Ollen Musial setzte sein Gekicher fort und stocherte mit der Blechflöte vor meinem Gesicht herum. »Waren? Sind sie immer noch. Wir bleiben doch im Geschäft. Wird alles angerechnet auf euerm Guthabenkonto. Wer mit Musial Handel treibt, hat nix zu bereuen. Ich bin ne ehrliche Haut. Und jetzt muss ich mal wieder. Meldet euch, wenn ihr was für mich habt! Tachchen!«

Ollen Musial warf seinen Dreiradwagen mit der Kurbel an, klappte die Haube zu und rührte im Getriebe herum. Spuckend setzte sich das Vehikel in Bewegung. Trotz des Lärms blies Musial seine Flöte.

Ich stieg zur Berichterstattung zum Pueblo hinauf und kam mir dabei sehr wichtig vor. Klar, das hörten die anderen gern, dass wir die Steine doch nicht für die Katz gekloppt hatten. Sie verzogen allerdings die Gesichter, als ich ihnen mitteilte, dass Musial den Einzelhandel von Fettauge Marquart übernommen hätte.

»Auch die Preziosen will er uns abkaufen«, sagte ich locker.

»Wat für Zeugs?«, fragten sie.

»Ihr seht nicht nur doof aus, ihr seid auch doof. Preziosen sind Kostbarkeiten. Schmuck, Edelsteine, teure Perlen und so. Dass ihr so was nicht wisst! Und in der Ballhausen-Villa soll es erhaltene Kellergewölbe geben.«

»Ballhausen-Villa?« Nardo blickte fragend.

»Steinreiche Möpse«, erklärte Kalla. »Sie sind beim Bombenangriff ums Leben gekommen. Die Ruine ihrer Villa ist an der Alfredstraße, wo's links zum Straßenbahn-Depot geht.«

»Ich weiß nicht«, sagte Köttel Schraa. »Wenn wir da erwischt werden …«

»Wir können heut Abend ja mal die Lage peilen«, meinte Pidder.

Das meinten wir dann alle.

Weil Hottas Mutter Geburtstag hatte, gingen Hotta und ich am Nachmittag zur Gruga. Wir kannten dort bei den Kaskadenbecken eine Stelle, wo Schwertlilien wuchsen.

Als wir vor der Großen Badenden standen, sagte Hotta: »Wegen neulich, Schorsch, die X-Bein-Gremme ...«

Ich winkte ab. »Vergessen! Wo sie doch weggezogen ist.«

Hotta sagte: »Das wollt ich bloß wissen. Die Sache ist aus der Welt?«

»Ist sie. Zwischen uns ist alles klar, Hotta.«

Fröhlich robbten wir unter dem Stacheldraht durch und huschten in den duftenden, leuchtenden Park hinein. Wir fühlten uns gut. Und die Schwertlilien blühten wie verrückt. Hotta pflückte einen riesigen Strauß.

Wieder einmal las ich flüsternd die schönen Wörter, die aus den goldenen Steinchen gefügt waren. »Abendstern, alles bringst du wieder, was die schimmernde Morgenröte zerstreute. Bringst wieder das Schaf, bringst wieder die Ziege, bringst wieder der Mutter ihr Kind.«

»Das ist wirklich ein toffter Spruch«, sagte Hotta.

Wir mussten uns beeilen, damit uns die Blumen nicht verwelkten. Frau Winn weinte ein bisschen vor Freude und gab uns Pellkartoffeln mit Schnittlauch zu essen. Es waren wunderbare Frühkartoffeln, die der Vetter Eduard zu Ehren ihres Geburtstags in der kruppschen Gärtnerei geklaut hatte. Wir tranken Wasser mit Waldmeistergeschmack. Käse-Rudi lachte viel.

Hotta rülpste. »Hat prima geschmeckt. Howgh, der Schreiende Adler hat gesprochen! Und heute Abend suchen wir uns Nuggets und Diamanten. Wir werden reich.«

»Es wird alles besser«, sagte ich.

Hottas Mutter freute sich, weil alle sagten, es sei ein schöner Geburtstag trotz der schweren Zeiten. Immer wieder fragte sie Hotta und mich, wo wir denn die herrlichen Schwertlilien aufgetrieben hätten. Ihre Lieblingsblumen seien das nämlich.

Kalla holte uns ab. Zu dritt bummelten wir dann die Rüttenscheider Straße hinauf und stiegen beim Depot über Hinterhofmauern und Gartenzäune, weil wir von der Rückseite her in das Ballhausen-Grundstück eindringen wollten. Wir wollten möglichst nicht gesehen werden. Trotz der späten Stunde waren in der Nähe noch Schuttschipper und Steinklopper bei der Arbeit. Der Lärm war gut für uns!

Horsti war schon zur Stelle, als wir beim Treffpunkt ankamen. Pidder, Köttel Schraa und Nardo trudelten nach wenigen Minuten ein. Nardo hatte Stachelbeeren mitgebracht, die futterten wir zuerst einmal.

Von der Ballhausen-Villa standen zur Straßenfront und zur südlichen Seite noch Teile der Außenmauern. Die zwei Stockwerke waren eingebrochen, nur die Eisenträgergerippe hingen in der Luft. Wir erkannten, dass Ollen Musial Recht hatte. Das Kellergewölbe war nicht an allen Seiten unter der Schuttlast eingebrochen. Balken hatten das Deckenspalier aufgefangen. An zwei Seiten klafften Lücken, die wie Höhleneinstiege aussahen. Wir überblickten die Lage sofort, wir erfahrenen Höhlenforscher.

»Hotta geht zuerst«, sagte Kalla, »wie üblich. Dann ich und so weiter. Nardo nimmt die Sicherungsleine.«

Das brauchte er eigentlich nicht zu sagen, denn dass Hotta unser kühnster und wendigster Höhlenforscher war, stand sowieso fest, und dass Nardo niemals in einen Schatzstollen kriechen würde, wussten wir inzwischen auch. Da würde er sich lieber als Feigling verlachen lassen, als sich solchen Todesängsten auszusetzen. Wir lachten ihn nicht aus. Wer einmal verschüttet gewesen war, der hat ein Recht dazu, sich vor Höhlen und Rohren und engen Räumen zu fürchten.

Hotta sagte: »Wenn ich eine Brosche finde, schenke ich sie meiner Mutter. Die hat noch nie eine Brosche gehabt.«

Es war scheußlich eng. Hotta bewegte sich wie ein Fisch, trotzdem knirschte und knackte es neben uns und über uns. Ich war hinter Kalla eingestiegen. Seine Taschenlampe funzelte in das Durcheinander von Latten, Stuckbrocken, Kachelplacken und Bruchsteinblöcken hinein. Feuchter Schimmel klebte an verkohlten Textilfetzen. Plötzlich hatte ich Nardos Angst und wäre am liebsten zurückgekrochen, doch dicht hinter mir drängelte Köttel Schraa. Ich stieß mit der Stirn gegen ein Eisenstück. Sofort setzte das Rieseln ein. Mörtelmehl drang mir in Mund und Nase.

»Ich hab hier was!« Das war Hottas Stimme.

Es ruckte und wackelte überall, als Hotta vorn an irgendeinem Gegenstand herumzerrte. Kalla schob mir etwas zu und fluchte dabei. Ich erschrak, weil ich zuerst nicht erkannte, dass es sich um eine Schneiderpuppe handelte. Ich zwängte die Stoffwurst unter mir durch. Köttel Schraa übernahm sie. Ein zerdeppertes Bügeleisen, ein lachsfarbenes Korsett und ein flaches Köfferchen folgten.

»Könnte ja was drin sein«, keuchte Kalla.

Ein Kinderstühlchen mit drei Beinen, Bücher mit aufgeweichten Leinenrücken, ein Bündel Briefe, eine Suppenkelle, ein halbes Schachbrett, Ausstechförmchen für Weihnachtsgebäck: Kalla prüfte alles im Schein seiner Lampe.

»Nur Scheißzeug!«, schimpfte er. Dann reichte er mir ein gerahmtes Madonnenbild weiter. »Hier, was für Nardo!« Dann staunend: »Mensch, ne Vase! Ganz dünnes Glas. Und nicht kaputt.«

Wir hörten Hotta ächzen. Anscheinend war er an etwas Größeres geraten. Aber wir mussten jetzt erst einmal hinaus, um Luft zu tanken. Ich kratzte mir beim Rückwärtsrutschen die Haut auf beiden Kniescheiben auf. Ich konnte kaum noch schlucken.

Wir waren weiß wie Schneemänner, als wir dann draußen hockten und nach Luft rangen. Nur schlappe Beute hatten wir bisher gemacht. In dem Koffer fanden wir nur Bankauszüge und Impfscheine.

»Bleibt besser draußen«, sagte Nardo und machte ein bekümmertes Gesicht. »Da sind so Bewegungen im Berg. Ich weiß nicht. Das hat alles so komisch gewackelt. Die ganzen Trümmer.« Offenbar scheute Nardo sich, selbst als Wächter mit dem Sicherungsseil noch Furcht zu zeigen.

»Da unten ist ein großes Pferd aus Metall«, sagte Hotta, »das müssen wir haben. Bestimmt ein Mustang.«

Also stiegen wir wieder ein. Die alte Reihenfolge. Hotta an der Spitze – wie immer. Ja, er war der beste Höhlenforscher. Als Nardo wie wild an der Sicherungsleine zerrte, war es schon zu spät. Ein dumpfes, mahnendes Geräusch. Zusammengebackene Ziegelsteinbrocken gerieten ins Rollen. Raus! Nur raus! Hinter mir schrie Köttel Schraa. Raus! Da schrie noch jemand, ich begriff, dass ich das war. Ich hatte Kallas

Füße gepackt und zog. Auch ich wurde gezogen und war plötzlich raus aus der bedrückenden Dunkelheit, sah Licht, atmete Luft, saugte sie gierig in mich hinein und hörte entsetzliche Schreie.

Nardo schrie gellend.

Wir zogen Kalla aus dem halb verschütteten Loch. Stumm vor Entsetzen standen wir da, blind vom Dreck fielen wir dann auf die Knie. Dann war es ganz still.

Hotta fehlte.

Ich dachte ganz langsam: *Das ist doch nicht wahr.*

Von anderen Grundstücken kamen die Steineklopfer gekeucht. Mit Spitzhacken, Schaufeln, Maurerhämmern und mit den bloßen Händen wühlten sich die Frauen und Männer in den Schutt hinein. Wo vorher ein Hügel gewesen war, klaffte plötzlich ein Trichter.

Wahrscheinlich hatten sie alle während des Krieges Tote gesehen, denn sie bargen den erschlagenen Hotta ohne Geschrei. Hottas Gesicht war zerstört, die Brust war eingedrückt, Rippen hatten sich durch das Hemd gebohrt. Dann breitete eine Frau ihre Schürze über den dünnen Körper, aber den hellroten Schaum, der aus Hottas Mund gedrungen war, hatte ich noch gesehen.

Wir schauten Nardo an. Unsere Blicke: *Du warst nicht mit uns unten! Du hast die Schuld!* Ich weiß nicht, warum wir so Verrücktes dachten. Warum suchten wir überhaupt einen Schuldigen in diesem Augenblick? Waren wir das so gewohnt? Es war ja auch nicht Feindseligkeit, nein, eher etwas wie fassungslose Angst. Die entsetzliche Frage: *Weißt du, was du getan hast?*

Ich wollte Wörter sagen, aber da kam nur wimmerndes

Gelächter aus meinem zuckenden Mund. Den Namen Hotta konnte ich nicht sagen.

Ein Mann schlug mir mit einer Schirmmütze durch das Gesicht. »Es ist der Schock«, sagte er. Eine Frau, der die Schneidezähne fehlten, führte mich auf die Straße und streichelte mein Gesicht. Sie murmelte beruhigende Wörter, die mich aber nicht erreichten.

Ich weiß nicht mehr, wie ich nach Hause gekommen bin.

Was danach geschah, nahm ich in überscharfer Deutlichkeit wahr. Wie auf einer Kinoleinwand. Ich sah alles genau, doch es ging mich nichts an. Ich war nur ein Zuschauer, ein ganz und gar Unbeteiligter. Ich sah erstaunt zu und verstand es nicht.

Meine Mutter schüttete mir kaltes Wasser ins Gesicht, schrie mich weinend an und hüllte mich in nasse Handtücher. Sie flößte mir aus einem Glas etwas Durchsichtiges ein, in dem milchige Schlieren quirlten. Es brannte auf der Zunge. Irgendwann – ich hatte jegliches Zeitgefühl verloren – ließen Zucken und Zittern nach. Ich fiel in einen Zustand, der zwischen Ohnmacht und Schlaf lag. Nichts schmerzte, nichts bedrückte mich. Taub. Ich wusste jedoch, dass manchmal die Mutter und manchmal der Vater an meinem Bett saßen und zu mir sprachen, aber die Wörter, die sie sagten, waren für mich nur Lautmalerei. Einmal kam ein fremder Mann. Ein Arzt?

Wie viele Tage ging das schon so? Dies irae, dies illa … Tag des Zornes … Laut wird die Posaun erklingen, mächtig durch die Gräber dringen, alle vor den Richter zwingen … Pie jesu, domine! Et lux perpetua luceat ei. Wenn du der Sünden willst gedenken, Herr, wer wird vor dir bestehen? Von früher Morgenwache bis zur Nacht vertraut auf Gott sein Volk. Et lux perpetua, et lux perpetua …

Die Sätze und Gesänge gingen mir durch den Kopf, die mir von Seelenämtern und Beerdigungsritualen vertraut waren, aus der Erinnerung kamen und das Netz zerfetzten, in das ich mich eingesponnen hatte. Aber der Hotta ist doch evangelisch!, dachte ich. Ich wusste nichts über evangelische Beerdigungen. Et lux perpetua luceat ei. Und das ewige Licht leuchte ihm. Aber der Hotta ist doch evangelisch!

Dann war ich Hotta und erstickte in den fallenden Trümmern. Mein Atem setzte aus. Ich verschluckte mich und hatte das Gefühl, vor Enge und Angst zu sterben. Ich spuckte zähen Schleim aus und glühte vor Kälte und Fieberhitze in einem. Wieder und wieder riss ich mir das klatschnasse Bettlaken vom Körper und japste nach Luft.

Manchmal, wenn ich ganz wach war, malte ich mir die Beerdigung aus. Der Sarg wurde auf einem Karren mit Fahrrädern gerollt. Verhüllte Menschen folgten fast im Laufschritt. Kränze? Ja, auch Kränze. Aber da kamen plötzlich die Schwarzfüße gerannt mit Trümmerblumen. Arme voll Trümmerblumen: Disteln, Weidenröschen, Kamillen, Gelber Heinrich … War auch ich dabei? Das Bild wurde trüb.

Klar, ich musste dabei sein. Waren doch alle da. Nur Hotta fehlte. Mein lieber Freund Hotta fehlte. Hotta mit der blinden Stelle im Haar. Der lag unten in dem Sarg, auf den die Jungen die Trümmerblumen warfen. Arme voll. Ein Berg von Trümmerblumen. Türmte sich über der Grube, quoll und quoll. Orgelspiel. Gesang. Et lux perpetua luceat ei. Und: Möge die Erde dir leicht sein. Lehm polterte.

Dann sah ich auf einmal den Sargdeckel von unten. Ich

bäumte mich auf, versuchte verzweifelt, irrsinnig, die Enge zu sprengen und zu schreien, aber der Lehm polterte so laut, und wer wollte mich bei dem dröhnenden Orgelspiel schon hören! Die Falle. Endgültig aus. Unausweichlich.

Tage später, als ich wieder denken konnte, dachte ich auch an die Ratten, die durch die Trümmerberge huschten und höhnisch fiepten. Rattenzähne sind hart wie Diamanten. Mit Leichtigkeit können Ratten die Bretter der Särge zerbeißen. Wenn ich das dachte, musste ich weinen.

Einmal flößte mir mein Vater in seiner Hilflosigkeit Schnaps ein, den hatte einer aus der Schlosserei heimlich gebrannt. Die Mutter betete viel an meinem Bett.

Als wir uns wieder trafen, waren die Ferien längst zu Ende. Kalla, Pidder, Köttel Schraa, Horsti, Nardo und ich. Das halbe Haus war abgerissen worden, wir hatten kein Pueblo mehr. Wir redeten nicht über Fahrräder, schon gar nicht über die Reise. Köttel Schraas Narbe war kaum noch zu sehen.

11 Der Abgesang

Es schien ein belangloser Tag zu werden, einer von diesen öden, grauen, entbehrlichen Tagen. Morgenmüdigkeit, Frühstück wie aus Pappe, die kleinen Schulängste, irgendein Mittagessen, Hausarbeiten in Massen, vielleicht langweiliges Halma mit der Familie am Abend, ein bisschen Lesen im Bett.

In jenen Wochen hatte ich lauter belanglose Tage durchlebt. Durchlebt? Ganz falsch, das Wort. Sie liefen einfach ab, diese Tage, sie gingen mich nichts an, ich kam nicht vor, das Leben rauschte an mir vorbei. Örtlich betäubt: im Kopf vor allem. Wie in einer Narkose, die zäh im Körper klebt und sich nicht auflösen will, ließ ich diese Zeit verstreichen und spürte es kaum. Vernebelt das Hirn, ohne Anteilnahme tat ich dies und das, mir war alles gleichgültig. Ich aß oder aß nicht, ich hörte Lehrer und Pfarrer und Eltern reden und wollte nicht wissen, was sie sagten, ich freute mich nicht und hatte auch keine Angst mehr. Alles war mir fremd, ich war mir fremd.

Jemand berichtete mir, Nardo wohne jetzt in einem Dorf im Weserbergland, weil sein Vater dort in einem Sanatorium behandelt werde. Na und? Köttel Schraa hatte geheult, als er sich verabschiedete, weil im Haus einer Großtante in Gelsenkirchen eine Wohnung frei geworden war. Ich hatte nicht geheult. Horsti war mit seinen Leuten an den Niederrhein gezogen. Nach Walsum oder Xanten oder Dinslaken. Oder war es Moers? Auch egal. Mit einer Arbeitsstelle bei Rheinpreußen hatte es jedenfalls zu tun.

Ich begriff das erst richtig, als ich endlich aufwachte aus diesem Halbschlaf von lähmender Gleichgültigkeit, doch da waren sie schon verschwunden. Die Bilder wurden wieder scharf. Die Erinnerung setzte ein mit heftigen Schmerzen. Ein Mädchen aus der Gerswidastraße gab mir die neue Adresse der X-Bein-Gremme. Ich schrieb einen langen Brief, doch es kam keine Antwort. In den Zweigen, die sich neigen … Die Melodie fiel mir nicht mehr ein.

Ja, es schien ein belangloser Tag zu werden. Die Mönning, bei der wir Erdkunde hatten, schrieb mir eine Zensur an, weil ich die Nebenflüsse des Rheins nicht aufsagen konnte. Warum fragte die Kuh mich nicht nach den höchsten Gipfeln der

Rocky Mountains, den Jagdgründen der Prärie-Indianer oder den Namen der Flüsse, die in den Missouri münden? Denn mit der Erinnerung waren die Bilder wiedergekommen, auch wenn sie an Leuchtkraft verloren hatten. In Mathematik musste ich eine Stunde später die Aussage verweigern, und in Musik sang ich extra falsch, damit sie mich nicht in den Schulchor steckten, der gerade gegründet wurde. Doch dann erreichte mich Kallas Nachricht. Nur Kalla, Pidder und ich waren übrig geblieben.

Die Nachricht verblüffte mich, das weiß ich genau. Ob ich mich freute, weiß ich aber nicht mehr. Wir waren schon lange nicht mehr zusammengekommen, wir trafen uns überhaupt sehr selten, meist war es Zufall. Und da unser Pueblo von Rammbirne und Bulldozer niedergemacht worden war, hatten wir auch keinen Treffpunkt mehr. Alles hatte sich verändert. Vor allem ich hatte mich verändert.

Wir trafen uns bei unserem Totempfahl im Mühlbachtal hinter dem Zechenberg. Den Pfahl hatten wir mit dem Beil aus einer Eisenbahnschwelle gehauen, mit Messern geschnitzt und mit Teer und Mennige bemalt. Er stellte einen Adler dar, der Totempfahl, jedenfalls so eine Art Adler. Außer uns traute sich niemand ins Mühlbachtal, weil die Zechenleitung dort ein Betreten-verboten-Schild aufgestellt hatte. Wir lachten über solche Schilder aber nur.

»Uff!«, sagte Kalla, der auf einmal wieder der Sitzende Bulle war, und stieß sein Messer in den Boden. »Ich habe meine roten Brüder gerufen, damit sie meinen Worten lauschen.«

Also lauschten Pidder und ich den Worten des Sitzenden Bullen. Er hatte uns eine Überraschung mitzuteilen.

»Heute vor achtzig Sommern erblickte unser großer Häuptling Büffelkind Langspeer das Licht der Prärie!«

Pidder sprang auf. »Du meinst, heute vor achtzig Jahren wurde er geboren? Mensch, woher willste das denn wissen? Sein Geburtsdatum ist doch gar nicht überliefert.« Der Rollende Donner redete eindeutig in der Sprache der Bleichgesichter.

Der Sitzende Bulle bewahrte seine Würde. »Ich habe es in der Nacht geträumt, dass heute sein Geburtstag ist. Manitu selber war es, der mir den Traum geschickt hat.«

Ich hob die Hand und gebot Schweigen. Nach einer angemessenen Weile, wie es ja bei Indianern Brauch ist, sagte ich: »Wenn Manitu gesprochen hat, haben seine Kinder kein Recht zu zweifeln. Heute vor achtzig Jahren erblickte der große Krieger Büffelkind Langspeer das Licht der Prärie. Der Singende Pfeil hat gesprochen. Howgh!«

Pidder war dann auch der Meinung, dass genau heute vor achtzig Jahren unser ruhmreicher Vorfahre Buffalo Child Long Lance auf diese Welt gekommen war, um gewaltige Taten zu vollbringen. Ja, wir gaben uns große Mühe, das starke Gefühl der Schwarzfüße wieder in uns entstehen zu lassen, doch wir spürten gleichzeitig, dass wir ein falsches Spiel spielten. Dennoch versuchten wir, nicht aus der Rolle zu fallen.

Bloß, wie feiert man so einen Geburtstag?

Kalla schlug vor, dass wir den Regentanz tanzten. Das taten wir dann auch, wenn auch merkwürdig gehemmt. Manitu erhörte unser Flehen um Regen. Das heißt, gefisselt hatte es ja schon seit dem frühen Morgen, doch nun wurde der Regen eindeutig stärker.

Ich beschloss dann, das große Feuer zu Ehren des großen

Toten zu entzünden. Wir hatten leider Schwierigkeiten, das Feuer zum Brennen zu bringen, da wir ja vorher den Regentanz erfolgreich getanzt hatten, aber ein kleines Ehrenfeuer ist es doch noch geworden.

Weil wir einen alten Eimer fanden, konnten wir auch noch die große Trommel schlagen. Pidder ließ die Regentrommel aber nur leise sprechen, damit die Arbeiter vom Zechengelände sie nicht hörten, denn die hätten sonst die heilige Zeremonie entweiht. Wir sagten uns: Büffelkind Langspeer wird die Stimme der Trommel in den Ewigen Jagdgründen schon hören.

Kalla Sitzender Bulle murmelte: »Krieger! Schwarzfüße! Eine Opfergabe fehlt noch, um Manitu so gnädig zu stimmen, dass er unserem Vorbild Büffelkind Langspeer die ganze Huld seines Wohlwollens schenkt und ihm Unsterblichkeit verleiht.«

Ich musste an Hotta denken, ich konnte nichts sagen.

»Was meinst du?«, fragte Pidder, verbesserte sich dann aber sofort: »Was will der Sitzende Bulle mit diesen Worten sagen?«

Kalla erklärte es uns. Wir müssten miteinander und zu Ehren Büffelkind Langspeers den Rauch des Großen Geistes trinken. Plötzlich verstand ich Kalla. Das Kalumet sollten wir noch einmal zusammen rauchen. Dies war eine Abschiedsvorstellung. Das Spiel war ausgespielt.

Ich holte also die heilige Pfeife, die früher einmal meinem Opa gehört hatte und die wir zu unserer Friedenspfeife gemacht hatten, aus dem Versteck im Wurzelwerk eines Haselnussbusches. Wir hatten keinen Tabak, weil die Zeit des Kippensammelns vorbei war, und bröselten darum Baumrinde in den Kopf unseres Kalumets. Nicht einmal zehn Streichhölzer brauchten wir, bis es glühte.

Zuerst trank der Sitzende Bulle den Heiligen Rauch und blies ihn in alle vier Winde, zum Himmel und zur Erde. Dann reichte er die Pfeife des Schweigens an den Rollenden Donner weiter, der es ihm gleichtat. Singender Pfeil schloss sich dem Ritual an. Drei Mal machte das Kalumet die Runde, denn so will es uralter indianischer Brauch.

Ich sah es zuerst an Kalla, doch dann fühlte ich es selber, und auch Pidder wurde sehr grün im Gesicht. Weil Indianer sich nichts anmerken lassen, wenn sie Qualen erleiden, starrten wir schweigend in die Asche unseres Feuers. Als die Zeit gekommen war, schritten wir voll Würde zum Mühlbach und kotzten fürchterlich ins Farnkraut.

Vielleicht hat der Große Geist unsere Opfergabe angenommen, vielleicht hat sich auch Büffelkind Langspeer in den Ewigen Jagdgründen gefreut. Ich warf die Pfeife in den Bach.

»Scheiße«, sagte Kalla, »das war's dann wohl.«

Ja, das war es wohl auch.

Wir verloren uns aus den Augen. Alles änderte sich schnell. Familien zogen von dieser Stadt zu jener, man fand Arbeit, man wollte weiterkommen. Mehr und mehr vergaß man den Krieg. Aus den Trümmerfeldern wuchsen neue Häuser. War das endlich der Frieden?

Die Währungsreform: Plötzlich hatte das Geld wieder Wert, plötzlich gab es alles zu kaufen. Das Wirtschaftswunder: Es ging aufwärts. Aber ging es auch vorwärts? Die Prophezeiungen des Zittermanns erfüllten sich. Kaum einer hatte aus der schlimmen Vergangenheit etwas gelernt. Man tanzte den Tanz um das Goldene Kalb, das den Namen Wirtschaftswachstum bekam, und mit roher Gewalt kämpfte man um die besten Plätze. Bald waren die einen wieder im Dunkeln und die andern im Licht. Die alte Musik spielte das Lied von denen da oben und denen da unten, nur der Rhythmus passte sich jeweils der Mode an. Die Offiziere der Wehrmacht bauten inzwischen die Bundeswehr auf, und die Richter blieben im Amt.

Die Fabriken, die damals demontiert worden waren, hatten ihre einstige Größe inzwischen längst übertroffen und waren zu Industriegiganten gewachsen, in denen nicht nur Kühlschränke und Autos gebaut wurden, sondern auch Panzer und Raketen. Fettauge Marquart und die anderen Schieber waren Großunternehmer geworden. Von den Kriegstoten und den Kriegskrüppeln redete man nur noch selten.

Inzwischen sind viele Jahre vergangen.

Ich frage mich: Wo ist er geblieben, der Glanz der Schwarzfüße? Wo sind sie geblieben, die tollen, lachenden Trümmerindianer? Was ist aus ihnen geworden? Sie können doch nicht solch ein Leben leben wie all die angepassten Leute! Die strahlenden Bilder in ihren Köpfen, die bunten Träume von der großen Reise: Solche Sehnsüchte müssten doch brennen bis zum Ende aller Tage. Sind sie Abenteurer geblieben? Ich weiß es nicht. Ich weiß nicht, ob Mechtild zum Orinoko gefahren ist und ob die X-Bein-Gremme mit ihren Mandelaugen noch immer einen kastanienbraunen Pagenschnitt hat. Ich denke oft an sie.

Ich weiß nicht, wo sie sind: Kalla, Köttel Schraa, Horsti, Pidder und Nardo Maria Niedergesäß. Ich weiß ja nicht einmal, wohin Hotta gegangen ist.

Wo sind sie geblieben, die starken, wilden Tage? Ja, wir waren verrückt gewesen nach dem großen Abenteuer. Der Sommer der Schwarzfüße. Vorbei, vorbei.

Ravensburger Bücher beschreiben, wie es früher war.

Zwischen Krieg und Wirtschaftswunder

»Ein neuer Höhepunkt in Maars Gesamtwerk«

DIE ZEIT

Paul Maar

Kartoffelkäferzeiten

Kohlenknappheit und Kartoffelkäferplagen gehören zum Alltag nach 1945. Aber viel schlimmer findet Johanna den Kleinkrieg ihrer Großmütter. Doch erst als ihr die Freundschaft zu Manni verboten wird, fängt sie an, sich gegen ihre Familie aufzulehnen.

ISBN-10 3-473-**52264**-3
ISBN-13 978-3-473-**52264**-4

www.ravensburger.de

Ravensburger

RTB_05_073